바깥에서

이보라 소설집

청어

바깥에서

이보라 지음

발행처 · 도서출판 **청어**
발행인 · 이영철
영 업 · 이동호
홍 보 · 최윤영
기 획 · 천성래 ㅣ 이용희
편 집 · 방세화 ㅣ 이서윤
디자인 · 김바라 ㅣ 서경아
제작부장 · 공병한
인 쇄 · 두리터

등 록 · 1999년 5월 3일
(제321-3210000251001999000063호)

1판 1쇄 발행 · 2014년 6월 10일
1판 2쇄 발행 · 2014년 12월 10일

주소 · 서울특별시 서초구 효령로55길 45-8
대표전화 · 586-0477
팩시밀리 · 586-0478

홈페이지 · www.chungeobook.com
E-mail · ppi20@hanmail.net
ISBN · 979-11-85482-37-8 (03810)

이 도서의 국립중앙도서관 출판시도서목록(CIP)은 서지정보유통지원시스템 홈페이지
(http://seoji.nl.go.kr)와 국가자료공동목록시스템(http://www.nl.go.kr/kolisnet)에서 이용하실 수
있습니다.(CIP제어번호: CIP2014012621)

바깥에서

이보라 소설집

토끼꼬리를 붙잡고
미포 끝집 창틀에 기대
동백의 기억 너머를 응시했다,

광장의 아우성과
암자의 기도소리가
다르게 들리지 않았기에

떨어지며 피는 꽃을 삼키며
별을 바라보는 유기견(遺棄犬)과 함께
눈밭이 녹는 그림을 그렸다.

내가 짓는 새로운 세계는
지금까지 '바깥'을 향해 있다.
거기에 내가
안아주지 않았던 사람들 혹은 기다려주지 못했던 사람들이 존재한다.
그래서 바깥은 닿고 싶은 고향이거나 특별한 진리가 된다.

나는 창작을 통해, 어리석은 나만큼 조차도
세상의 질서에 부응하지 못하거나 밀려나는 이들로부터
권리 같은 의미를 획득하고 싶었다.

소설 쓰는 이보라

동백애상
(冬柏愛想)

기억이 꽃처럼 떨어져 내 안에서 곰삭아

나무 같은 몸에 굳은살처럼 박혔을 때,

그때 비로소 다 얘기하리라.

동백애상(冬柏愛想)

치욕스레 사느니, 나는 차라리 죽을래요.

뭐?

그녀의 돌발 외침에 놀라 내가 돌아보았을 때, 그녀는 헤싯 웃어 보였던가. 숲으로 들어서기 전까지 숱 많은 그녀의 머리카락 위로 내려앉아 반질반질 윤을 내던 오월의 햇살은 간 곳 없었다. 그녀는 가볍게 다가와서 내 등에 이마를 대로 속삭였다.

내가 아니라 저 동백 말예요.

꽃이 지고 있었다. 흡사 종 모양의 주먹만한 꽃이 찬 서리에 잘 익은 감이 떨어지듯, 그렇게 툭툭 떨어지고 있었다.

삶이 고단할 때 사람들은 저 동백의 낙화를 보러들 온대요. 사는 게 아무리 허무하다고 한들 한꺼번에 죄다 떨구고 가는 저 동백만 할까. 그리 생각하면서 스스로를 위로한대요. 당신이 보기에도 그래요? 나는 저 꽃을 어린 시절부터 보며 자라 그런지, 저 단결함이 참 좋아요. 짧을지 몰라도 화려하고 군더더기 없는 삶……, 사람도 저리 살 수 있을까 몰라.

나는 그녀의 손을 끌어와서 잡고, 크게 심호흡했다. 빽빽하게 동백이 자리 잡은 숲의 공기는 축축하고 달콤했다.

내년에 졸업하면 우리 합치자. 그녀는 대답하지 않았던가, 아니 신음했던가 음…… 이라고.

나에게 잡혔던 손을 살며시 빼내며 그녀는 먼 곳을 가리켰다. 피어 흐드러진 유채꽃과 힘차게 자라난 보리가 바람에 어우러지고 있었다. 그리고 내가 놓쳤던 오월의 햇살이 바로 거기에서 노랗게 또 푸르게, 빛나고 있었다.

수미를 부른 것은 실수다. 나는 객실에 들어선 지 십여 분 만에 세 번째 토악질을 하고 있다. 눈가에 물이 번지고 뒷목덜미가 뻐근하지만, 속엣 것을 토해낼 수록 오후 내내 꾸르륵거렸던 뱃속은 진정되고 있다. 변기에 물을 내리고 세면대 거울 앞에 엉거주춤 서서 내 꼴을 보니, 후회가 욕지기처럼 밀려든다. 이른 새벽에 수미를 부산에서 이곳 목포까지 오게 했던 것은 아무래도 잘못이었다. 내가 전화를 걸었을 때 수미는 이미 일어나 있었다.

나는 여기 목포 왔습니다. 아침 먹고 강진으로 갈 건데 오시겠습니까?

수미는 잠깐 망설이는 듯했다. 그러나 이내 밝은 목소리로 대답했다. 그러지요, 가서 바다도 보고 회도 한 사라 먹으면 되겠네요. 그 대신 터미널까지 마중 나와 주셔야 해요. 저는 그쪽이 처음이거든요.

그렇게 합시다. 수미는 여행을 즐기는 편이라 했었다. 그러나 목포 쪽은 초행일 수도 있겠다. 부산에서 목포까지는 지도상으로 그리 멀지 않은 거리지만 소요 시간은 거기서 서울 가는 것보다 더 걸릴 거다. 역사적으로 왕래가 잦지 않았던 길이라서 그럴까. 도로 사정이나 교통편이 아주 엉망이다. 바다 구경과 회를 먹는 것 정도라면 부산에서는 일상일 텐데. 그러니까 수미는 어지러울 정도로 간이 정거장마다 쉬어 가는 시외버스 속에서 시달리면서도 나를 보러 이곳까지 와 준다는 뜻이다. 고마운 일이었다.

나는 남천을 채근해서 일찌감치 수미를 마중 나갔다. 그리고 반바지에 샌들 차림으로 버스에서 내려서는 수미를 보자마자 반갑게 악수를 청했고, 내가 점심을 아주 제대로 사지요 했다. 우리는 해물탕에 빈대떡을 시켰고 반주까지 곁들였다.

구역질을 삼키면서 침대에 걸터앉자마자 나는 휴대폰의 번호판을 누른다. 5번을 누르면 자동으로 남천에게로 연결된다. 녀석은 까마득한 대학 후배지만 아주 막역한 사이다. 녀석과 내겐 최루탄 가루 속에서 길을 읽고 헤맸던 기억과 서클룸에서 라면을 끓여 먹으며 아무도 읽어주지 않는 시집을 만들었던 세월이 있다. 목포는 남천의 고향이고 이삼 년에 한 번쯤 녀석은 연락을 해온다. 그리고 늘 머리나 식혀요 형, 하며 내게 동백의 기억이 짙은 이곳 강진까지 나를 유혹하며 동행한다. 그때마다, 꽃이 져도 기억을 떨구지 못하는 것은 동백나무의 마술 같았다.

응, 나다. 아무래도 맥주는 두 사람만 더 마셔야겠다. 나는 그냥 쉬어야겠어.

형, 정말 안 좋은 거야? 약을 좀 지어서 올라갈까?

남천이 진심으로 걱정하지만 나는 그 앞에 오도카니 앉아있을 수미가 더 걱정이다. 기껏 이곳까지 불러놓고 제대로 대접을 하기는커녕, 제 몸 하나도 추스르지 못해 쩔쩔 매는 꼴만 보였으니 도무지 체면이 서지 않는다.

내가 유수미라는 여자를 처음 만난 것은 작년 봄의 일이었다. 작은 키에 어깨선이 고운 여자가 이 작은 출판사로 직접 찾아와서 원고 뭉치를 내밀었다. 그때 나는 때늦은 점심을 먹을까 말까 망설이고 있었던 것 같다. 식당 구석에 남자 혼자 앉아서 허겁지겁 수저질을 하고 싶지 않았던 것이다. 찾아온 여자는 나이 서른을 넘겼을 것 같지만 결혼한 여자 같아 보이지는 않았다.

부탁합니다. 제 시를 좀 봐주세요.

모스크바의 설경과 죽지 않으면 미칠 수밖에 없었던 베르테르의 사랑, 그리고 아우슈비츠의 고통까지, 여자의 시는 대부분 낭만적이었고 다분히 관념적이었다. 나는 한참 원고 뭉치를 뒤적이다가 여자에게 물었다. 독일에서 문학을 공부했나요?

여자는 고개를 저었다.

나는 희거나 붉은 그 작품들 중에서, 제목만 보고 하나를 빼냈다.

'동백목(冬柏木)'이라는 시제(詩題)는 내게 어떤 기억을 요구라도 하듯, 눈앞에 유난히 크고 선명하게 다가왔다.

　해마다 삼월이면 내게
　그리운 이가 있네 첫사랑
　잊으려 꽃샘추위 속을 헤매
　헤매 다니다 선운사 마당에서 다시
　만났네 어쩌면 살아서 죽는 이가
　다 있네 삶과 죽음이 동일한
　처녀가 여기 있었네……

나는 그 시를 다 읽지 못하고 황급히 내려놓아버렸다. 그러나 이미 내 안에서는 투둑 투둑 붉은 꽃 떨어지는 소리가 심장 뛰는 소리보다 빠르게 이어지고 있었다. 치욕스럽게 사느니 난 차라리 죽을래요, 아아 그 꽃 떨어지는 소리가 그녀를 불러내기라도 할까봐, 나는 그만 눈을 감아버렸다.

숨을 죽이고 나를 지켜보며 앉아있던 여자가 영문을 아는지 모르는지 띄엄띄엄 '동백목'에 대해서 설명했다. 고려 시대에 그런 제목의 노래가 벌써 있었대요. 악지(樂志)에 그 유래만 있고 가사는 없어요. 귀양살이 갔던 자가 왕을 사모해서 지었고, 왕이 그 노래를 듣자 감동하여 복직시켰다던가, 뭐 그래요. 제 시는 첫사랑을 사모하는 노래구요.

나는 원고뭉치를 가지런히 해서 놓으며 여자에게 말했다. 편집회의를 거쳐서 연락드리겠습니다. 책으로 내고 싶은 거죠?

여자는 다시 고개를 저으며, 아직은 그냥 좀 봐 주시기만 하면 고맙겠다고 대꾸했다. 그 여자 수미는 그날 이후 한 달에 한두 번쯤 나를 찾아와서 제 시(詩)를 내밀었다. 한 번도 빈 손으로 오지 않았고, 덕분에 이 작은 사무실에 딱 어울리는 더 작은 냉장고가 텅 비는 날이 없어졌다. 여자는 편집 회의의 결과를 궁금해 하지 않았다.

수미 씨가 시를 써나가는 데에 힘이 되는 건 과연 무엇인지 궁금한데요? 나는 한결같은 수미의 습작과 방문이 대견하기도 했고 그 열정이 부럽기도 해서 어리석은 질문이다 싶으면서도 결국 묻고 말았다. 그런데 여자의 대답이 좀 엉뚱했다. 어쩌면 책을 낼 생각도 없이 출판사로 자작품을 들고 오는 이유가 뭔지 알고 싶어 하는 내 속내를 죄다 읽고 하는 답변이었을 지도 몰랐다.

어머니가 시를 쓰는 걸 반대하세요.

나는 예상치 못했던 대답에 좀 당황했지만, 겉으로는 점잖게 대꾸했다. 수미 씨는 우리 시대 효녀 시인이네요, 그럼 좀 기다립시다. 그 어머니가 이해할 때까지 기다리자고는 했지만 실제로 나는 이해를 위한 기다림에는 자신이 없었다. 아내는 팔리지 않는 책을 기획하고 편집하는 나를 이해하려고 하지 않았다. 그리고 아내의 이해를 바랐던 나의 기다림은 결혼 후 몇 해 되지 않아 끝났다. 아이가 없어서 다행이네요. 그렇게 말하며 아내는 돌아서 버린 것이다. 그때 절망하는 내 눈앞에 떨어지는 붉은 것이 있었다. 그리고 나는 떨어진 꽃을 주워들듯, 잊고 살 수 있으리라고 믿었던 오래전의 그녀 존재를 떠올리고야 말았다.

수미 씨, 줄곧 차만 탔는데 피곤하겠습니다.

강진에 도착하자마자 남천은 안전띠를 풀고 내리며 그렇게 말했다. 그리고 근처 약국에서 박카스를 사오더니 손수 뚜껑까지 열어서 나와 수미에게로 건네는 폼이 사뭇 공손했다. 병을 받아들며 수미가 나지막이 웃었다.

녀석, 참 촌스럽다. 내 말에 남천이 머리를 긁적였다. 남천은 두 번째 시집도 다른 출판사를 통해서 내었다. 서운함을 감추지 않는 내게 남천은 어린 아이 같은 웃음을 지어보이며 이렇게 말했다.

형네 출판사에 팔리지도 않는 책을 보태고 싶지 않네, 뭐.

이런 녀석이기에 어제는 밤새 아내와 갈라섰다는 소리를 늘어놓을 수 있어 좋았다. 소주잔을 주고받으며 떠들다 보니 아내와 갈라섰다는 게 남의 일 같기도 하고 내 일이라 하더라도 스스럼없이 떠벌릴 수 있을 정도로 지나간 일이로구나 싶어 모처럼 편하게 잠들 수 있었다.

박카스 병 주둥이를 빨던 수미가 입을 열었다. 커피나 담배가 그렇듯이 여기에도 미량의 마약 같은 성분이 있다는 말을 들었던 것 같아요.

아하, 그래서 그런가요! 나는 지금 아주 기분이 좋습니다. 쓰레기통으로 빈 병을 던져 넣으며 남천이 유쾌하게 말했다.

차가 만덕산을 향해서 달리는 동안 나는 반주랍시고 털어 넣었던 몇 잔 소주로 취기가 오르는 것을 느꼈다. 머리를 젖히고 눈을 감았다. 그런 걸 집착이라고 해야 할까, 나는 박카스에 열중해 있던 한 노파를 본 적이 있다.

퇴근길 전철 속이었던가. 노파는 마포역에서 박카스 병을 손에 든 채 승차했다. 내 옆자리, 그러니까 열리지 않는 문 앞에 붙어선 노파는 박카스 병에 코를 박고 킁킁대더니 곧 병 주둥이를 빨기 시작했다. 그것은 아기가 엄마젖을 빠는 것보다 훨씬 더 집요하게 보였던 것 같다. 그래서 나는 불투명한 저 병 속에 든 것이 박카스 액이 아니라 본드나 코카인 같은 것일지도 모른다는 생각을 했다. 노파 가까이 서 있던 사람들도 나와 비슷한 생각을 했는지 노파를 곁눈질하며 슬금슬금 물러섰다.

노파의 차림새는 더러웠고 정신 이상자일 수 있었다. 그런 주변 사람들을 의식했던 걸까, 노파는 아주 잠깐 병에서 입을 떼고 사람들을 둘러보았다. 그때 내가 보았던 노파의 조그만 눈—불안과 만족 그리고 경멸을 한꺼번에 담은 빛으로—은 번뜩였다. 그 눈빛이 내겐 낯선 것이 아니었다. 다른 사람들과 달리 나는 그냥 노파 옆에 서있기로 했다. 이미 노파는 내 옆에 존재하지 않는다고 판단했기 때문이었다. 박카스 병을 빠는 동안 노파는 이미 병 속에 들어가서 웅크렸다. 쓸데없는 경계심으로 노파를 방해하고 싶지 않았다. 그런데 잠깐, 지하철이 심하게 흔들리는 순간 노파는 유리병 주둥이에 이가 부딪혔는지 얼굴을 찌푸리며 재빨리 병 속에서 빠져나왔다. 그리고 병을 기울여서 남은 것을 입 속에 털었다. 침인지 뭔지 모를 얼마간의 액체가 뿌려지고 튀었다. 다음 역에 내린 나는 구두 위에 떨어진 정체모를 액체방울을 쪼그리고 앉아 티슈로 닦아냈다.

달리던 차가 멈춰선 듯해서 감았던 눈을 뜨고 보니 좌회전 신호를 받기 위해 대기 중이었다 녹색등을 기다리며 차는 재깍재깍 시계 바늘 소리 같은 대기음을 내고 있었다. 그 소리가 초조하고 불안하게 들려 나는 다시 눈을 감아 버렸다.

나의 동백꽃 같은 그녀는 미팅하는 순간순간을 초조해하고 불안해했다. 키스를 나누다가 황급히 앙다물어 버리는 그녀의 입술에서, 영화가 끝날 때까지 내게 기대기는커녕 좌석 가장자리에 걸쳐놓는 그녀의 엉덩이에서, 나는 늘 뭔가 석연찮음을 느꼈다. 그럴 때마다 나는 고작, 네게 다른 남자가 있는 거로구나 하며 의심했고 그녀는 변명을 늘어놓기보다 소리 죽여 울었다. 그녀가 기분 좋을 때 노래가 시작되면 끊어질 줄 몰랐다. 부르다 지쳐 입 속의 웅얼거림이 되어도 노래는 이어졌다. 그럴 때 내가 이제 그만 불러 충분해, 하며 머리카락을 쓸어주면 그녀는 소스라치게 놀라 돌아보았다. 나라는 것을 확인하면 곧 헤싯 웃어 보였는데, 그것이 오래오래 저 혼자 집을 보던 아이가 늦게 돌아온 엄마한테로 달려와 목에 매달리며 짓는 웃음 같았기에 나는 가끔 가슴이 뭉클해지곤 했다. 우리 꽃 지기 전에 가요, 내 고향 동백 있는 숲으로.

그녀가 붙잡으려 안간힘을 썼던 것은 사람이었나, 꽃이었나, 아니면 누구도 감쪽같이 모르는 불안이었나.

내가 그녀의 발작을 보고 말았던 날, 그러니까 그녀가 자신의 불안을 놓아 버렸던 그 날에 졸업시험이 있었다. 그녀와 나는 통로 하나를 사이에 두고 나란히 앉아서 답안지를 메워 나가고 있었으니, 나는 그녀가 쓰러지는 것을 속수무책으로 바로 옆에서 지켜만 본 셈이었다.

그녀는 말 그대로 별안간 정말이지 별안간 의자와 함께 뒤로 넘어졌다. 나는 어지간히 놀라 자리에서 벌떡 일어나며 구급차를 불러줘요, 라고 외쳤다. 하얗게 질린 얼굴로 나를 바라보던 그녀가 몹시 추운 듯 손발을 떨기 시작했다. 시험장은 엉망이 되어 버렸다. 나는 그녀를 안아 일으켜야겠다는 생각으로 한 걸음 다가섰다. 그 때 새치가 드문드문 섞인 곱슬머리를 들이밀며, 시험을 감독하던 교수가 말렸다. 가만히 그냥 두게.

그냥 두라니요!

그는 한쪽 무릎을 세우고 앉더니 들고 온 책 두 권을 이용해서 그녀의 호흡을 편하게 했다. 그리고 침착하게 내게 말했다. 이보게. 진정하게. 자네는 처음 보는가 본데 그녀에겐 몹시 오래 앓았을 병일 뿐이야. 모두 제 자리로! 시험 시간은 십 분 연장해 주겠다.

나는 믿을 수가 없었다. 그러나 눈앞의 사건은 시험결과만큼 명확한 현실이었다. 모두 다시 문제지에 집중하기 시작했고, 그녀가 넘어질 때 책상에서 떨어져 버린 문제지와 답안지가 수족이 떨리는 대로 사각거리는 소리를 냈다. 나는 뜨거운 눈물인지 마른 침인지 모를 무엇을 연신 삼켰다. 그녀가 자리를 털고 아무렇지도 않은 얼굴로 일어서기까지는 십 분이 채 걸리지 않았던 것 같다. 그리고 나와 마주쳤던 그녀의 눈동자는 공허했다.

졸업하자마자 나는 전공을 살려서 잡지사 편집위원으로 취업했다. 그런데 길가에 흰 꽃잎이 눈처럼 날리던 늦은 봄날 내게로 한 통의 편지가 닿았다.

뭔가 적어서 당신에게 내 마음을 좀 알려야겠다는 생각을 했어요.

그래요, 나는 당신이 본대로 끊임없이 불안해해야 하는 그런 인간이에요.

그런데 말예요, 내 불안은 하늘이 내린 거래요. 우습게도 내가 깜박

불안을 잃을 때면 다른 사람들이 —나를 알거나 혹은 내가 모르는 사람들까지—

불안해하지요.

나는 그녀의 편지를 끝까지 읽지 않고 찢어버렸다. 그녀가 제 병

을 숨기고 나와 사귄 시간들이라면 이미 용서되었다. 나와 함께 있는 동안 그녀의 불안은 배가 되었을 것이며 그래서 그녀는 충분히 고통스러웠을 거니까.

그러나 내가 견딜 수 없었던 것은 그녀의 낯선 모습이었다. 누구보다도 그녀 가까이에서 그녀를 이해하고 지켜주고자 했던 사람이 나라고 확신하고 있었는데, 그날 이후 나를 대하는 그녀의 언행들은 짧은 발작만큼 내게 낯설어진 것이다. 이제 나는 그녀를 지킬 자신이 없어져 버렸다. 그녀가 불안에 집착하는 순간순간 나는 어디에도 없는 존재일 것이고 발작을 염려하며 그녀의 일상을 다 지켜보거나 끌어안을 용기는 더욱 없었다. 나는 늦게나마 다른 여자를 만났고 결혼했다. 그리고 그녀를 잊으려고 발버둥 칠 틈도 없이 생존을 위한 시간은 재빨리 흘러가버렸다. 그러나 묘하게도 동백에 대한 기억만은 지울 수가 없었다. 어쩌면 나는 그녀가 떠오를 때마다 애써 동백만 기억하려 했던 건지 모른다.

만덕산에는 천태종의 수행결사인 백련사가 있고 정약용의 유배지였던 다산 초당이 있다. 수미는 빨리 다산의 초당을 보고 싶어 했지만 남천이 제대로 안내를 하겠다며 고집을 부리는 통에 우리는 백련사 아래에 주차했다. 백련사는 뭉그러진 흙담으로 둘러싸여 있었다. 바닷가에 바짝 붙어 있는 이 절은 수없이 많은 왜구의 침범을 받았으리라. 그 아픈 기억을 거울삼아 세종 때 절을 복구했던 행호선사는 둘레에 긴 토성을 쌓았다. 누 안에 걸려있는 현판은 동국진체(東國眞體)를 완성시킨 원교의 글씨라는데, 그도 이곳에서 가까운 섬에서 말년을 귀양살이로 보냈다. 그래서일까, 복잡하고 서러운 심정이 담겨있는 듯 그의 굵은 글씨들은 우글우글했다.

저길 들러 쉬어 가고 싶었습니다. 남천이 손가락으로 가리킨 숲은 한낮에는 아직 따가운 초가을 햇살이 비켜가는 곳이었다. 우리는 남천의 지시대로 왼쪽으로 방향을 틀어 샛길을 따라 걸어서 숲으로 들어섰다. 이번엔 셋 중 내가 제일 뒤처졌다.

형도 여긴 처음인가?

나는 대답하지 않았다. 십오 년이 넘는 세월이 흘렀는데 이곳의 공기는 여전히 축축하고 달콤했다. 더위를 식혀가기 넉넉한 이 그늘 속에는 네 기의 부도가 단정하게 자리 잡고 앉아있을 뿐, 꽃은 없었다. 동백나무는 화려한 개화와 군더더기 없는 낙화를 모두 마쳐버렸다. 죽은 꽃은 이미 살아있는 흙이 되었다.

남천이 말했다. 그 왜, 노래에도 있지 않습니까. 눈물처럼 뚝뚝 떨어지는 동백을 보러 선운사로 오라고요. 거기까지 보러 갔었지요. 철이 일러서 그랬든지 꽃은 가지에 짱짱하게 붙어 한 놈도 떨어지지 않더군요, 떨어져야 맛이라는데, 하며 일행 모두 아쉬워했었지요. 피어 흐드러진 동백은 제가 보기에 아무 낭만도 의미도 없더군요. 화장 칠 된 여인네 얼굴처럼 번들번들 광택 나는 잎이며 너무 붉어 플라스틱 원반 같은 꽃송이하며, 에구 영 이름답지 않습디다. 그런데 동백 숲은 말입니다, 꽃이야 피든 지든 나무가 더 멋스럽지 않습니까.

수미가 중얼거렸다. 이게 동백이라구요? 세상에, 꽃나무 둥치가 한 아름도 더 되네요!

해묵었으니까요, 이제 천연기념물이지요. 남천이 자랑스럽게 대꾸했다.

마치 오랜 세월 운동으로 단련된 남자의 몸 같네요, 저 뼈대와 근육 좀 보세요. 수미는 나무를 쓰다듬으며 자꾸자꾸 감탄했다.

이 동백 숲을 걸으며 나의 그녀가 그랬다. 동백은 스스로 피를 내고 살을 붙여가며 모진 세월을 견뎌내어요. 그런데 그녀가 내 생에 실제 존재하긴 했었나. 다시 찾은 동백 숲 나무 사이로 그녀가 나타났다가 사라지기를 반복하고 있다. 당신이군요, 늦었네요. 꽃이 지기 전에 왔어야지요. 그녀가 내 어깨를 스치고 지나가며 자꾸 말을 건넨다.

어느 날 나는 내 삶에서 그녀를 떨궈버리고 태양이 뜨고 지는 무수한 날들을 살아냈지만, 해마다 어김없이 꽃이 피듯 나의 기억 속에 그녀는 이렇게 살아있다. 화려하고 군더더기 없는 삶을 살고 싶어 했던 그녀의 존재는 내 삶에 어떤 의미였는가. 일주일 전쯤 나는 놀라운 우편물을 하나 받았다. 겉봉만 보고도 발신인이 누구인지 단번에 알 수 있었다. 살그머니 펜을 쥐고 불안에 떨며 적어 내려갔을, 띄어쓰기가 전혀 되어 있지 않은 그 필체의 주인공이 내게로 두 번째 소식을 전해온 것이다.

그런데 이번에는 편지가 아니라 초대장이었다. 몇 달 후면 나처럼 나이 마흔이 될 그녀의 결혼식이 초대장의 내용대로라면 바로 내일이다. 동백꽃은 졌지만 지금도 나무 사이로 그녀가 숲을 거닐고 있다. 그녀가 불안에 집착하며 살아내었을 세월은, 마르고 창백하기만 했던 그녀의 모습을 어떻게 바꾸어놓았을까.

남천은 내게 결혼식에 참석하길 권했다. 그녀가 행복해하는 모습을 보고 나면 형도 살아가기가 수월할 거야.

그러나 나는 감히 불안해하고 있다. 결혼식장에서 나를 발견한 그녀가 식이 채 끝나기도 전에 자신의 불안을 놓아버리는, 그런 일이 생길까 봐 불안해하고 있는 것이다. 동시에 궁금해서 미칠 것 같다. 내가 도망치듯 놓아 버렸던 그녀의 불안, 끝없이 이어져야 하는 그녀의 그것을 끌어안고 나누며 살아갈 수 있는 남자는 도대체 어떤 사람일까.

내가 만약 그녀의 첫 번째 편지에 답장을 적었다면, 가령 '누구의 것이든 삶이란 타인과 공유할 수 없는 불안이 일정하게 이어질 수밖에 없는 것이야.' 라는 글을 그녀에게 주었다면, 오래전에 동백 숲에서 속삭였던 것처럼 우리가 합칠 수 있었을까.

초대장을 손에 들고 주저앉아있던 나는 때마침 남천의 연락을 받았고, 녀석의 얼굴이나 볼 겸 하고 목포행 버스를 타긴 했지만 도착할 때까지 줄곧 복잡하고 우울한 가슴을 쥐어뜯으며 시간을 견뎌내야 했다.

　다산 초당으로 가는 길은 백련사 혜장선사와 정약용이 소요(逍遙)하며 오갔을 만덕 산등성이 오솔길을 택하기로 했다. 남천이 앞장서고 내가 뒤따랐다. 수미는 샌들 신은 작은 발로 용케 따라오고 있었다. 산 아래 멀리 보이는 구강포에 작은 섬이 배처럼 떠있었다.
　형, 다산이 만덕산 별명인 건 알아?
　알고 있다. 만덕산에는 차나무가 많아서 예부터 사람들이 다산(茶山)이라 불렀다. 정약용은 열여덟 해의 귀양살이 세월 가운데 열 해를 이곳에서 지냈다. 다산에서 겨울보다 춥고 외로웠을 시간들을 오로지 학문과 사상을 연구하는 데 매진하며 소요하였으니 그의 호를 다산이라 한 것은 지극히 당연하다. 다산에서 정약용은 모진 겨울을 견뎌내고 봄기운을 완연히 받기도 전에 탐스러운 꽃을 피워내는 동백의 정기를 그대로 옮겨 받았던 것일까.
　반시간쯤 걷는 길은 좁았지만 지루하지 않아 좋았다. 싱그러운 대밭을 지나고나니 바닥에 점점이 들꽃이 피어 있었다. 새순이 뻗은 칡넝쿨이 자꾸만 다리를 걸어왔다. 초당에는 다산이 손수 만들었다는 작은 샘이 있었다. 한 모금씩 약수를 들이켜고 둘러보니, 온통 다산의 글이고 책이었다. 잘 차린 찻상처럼 정갈한 글씨체의 문장들은 구절구절 애민(愛民)의 정을 담고 있었다. 천일각에 다산처럼 올라앉아 구강포를 내려다보니 군자라도 된 것처럼 심정이 담담했다.

남천이 바다 가운데 떠있는 작은 섬 가운데 하나를 손가락으로 가리키며 물었다. 형, 저 섬이 무얼 닮았습니까?

글쎄다, 둥글고 오목하게 홈이 팬 것이…….

남천이 키득거렸다. 그 섬은 영락없이 여인의 성기를 닮았다. 다산에게도 저 섬을 내려다보며 품고 싶어 몸부림쳤을 여인이 있었을 거다. 외로웠겠구나.

이래저래 많이 힘들었을 겁니다. 그럼에도 불구하고 말입니다. 선생은 이곳에서 책을 쓰며 자기 아들들한테 당부의 글을 써 보냈다더군요. 그렇게 말하고 남천은 흠흠 목소리를 가다듬었다.

"너희가 독서하지 않으면 내 책은 쓸데없는 것이 될 터이고 내 글이 전해지지 못한다면 후세 사람들은 사헌부의 탄핵문과 재판 기록으로만 나를 평가할 것이다."

명예로운 선각자이셨네요. 줄곧 침묵을 지키고 있었던 수미의 말이었다.

남천이 차를 가지러 백련사 주차장으로 홀로 되돌아간 사이, 나는 표지판에 꽂힌 돌 위에 걸터앉아서 허공을 맴도는 잠자리 떼를 쫓았다. 놈들은 큰 원, 작은 원, 쉴 새 없이 동그라미를 그리며 날았다. 눈으로 따라 그리며 잠자리를 쫓아가니 잘려 나간 나무둥치 위에 수미가 걸터앉아 있었다. 수미는 산모기에 물린 자리들, 손등과 팔꿈치를 혀로 핥고 무릎과 발등을 손가락에 침을 발라 문지르고 있었다. 목이 깊게 패인 셔츠 탓에 드러나 있는 어깨 위에 길고 숱 많은 머리카락이 늘어져, 가무잡잡한 피부와 함께 윤이 났다. 나는 그녀에게로 일어서는 어떤 충동을 누르느라 손바닥이 축축해져 오는 것을 느꼈다. 수미가 내 시선을 느꼈는지 고개를 들며 말했다.

선생님!

나는 재빨리 시선을 거두며 예, 하고 조금은 퉁명스럽게 대답했다.

이곳 참 좋네요.

그렇지요.

다산선생은 귀양살이를 하게 되어 정치적 이상을 현실화시키지는 못했지만 이곳 초당에서 자신의 연구와 저술에 본격 몰두할 수 있었으니, 어찌 불행하다고만 말할 수 있겠어요. 덕분에 후손들이 행복한 건 물론이구요.

나는 수미의 말에 고개를 끄덕였다.

아버지가 남쪽에 처자식을 두고 왜 북에서 목숨을 끊어버리셨는지, 저는 이해할 수 있을 것 같아요.

수미 씨 아버지가 월북을 하셨던가요?

아뇨, 벽화가 보고 싶어 가셨대요, 고구려 벽화 말예요. 다산 선생이 아들들에게 당부했던 것처럼 아버지도 유언을 남기셨다고 들었어요. '내 시가 자유세계를 떠다닐 때 간첩의 것이었다는 말을 들어서는 안 된다.'라고요.

그렇군요. 수미 씨 아버지가 시인이셨군요. 이제 나는 수미가 끊임없이 시를 쓰는 이유와 그 어머니가 시를 쓰는 것을 반대하는 이유를 알 것 같았다.

제 아버지는 문학사에 빛나는 유명 시인은 아니세요. 그렇지만 아버지의 시를 한 편도 잃어버리지 않고 다 찾아서 묶어내 드리고 싶네요.

그렇게 말하는 수미의 눈 속에, 오고 있는 가을이 담겨있었다.

가방을 열어서 흰색 반바지와 티셔츠를 꺼내 갈아입고 침대에 몸을 뉘고 나니 피곤이 한꺼번에 밀려든다. 뱃속은 훨씬 편안해졌지만 이번에는 으슬으슬 한기가 든다. 위아래로 속엣 것을 다 내보냈으니 체온이 떨어져버린 탓이다. 모포를 턱까지 끌어올려 덮고 원인이 될 법한 것들을 짚어 본다. 아무래도 점심으로 먹었던 해물탕이 잘못되었구나 싶다. 며칠만의 분주한 수저질이었으니 그럴 법도 하다. 남천은 옆에 앉은 수미를 의식하느라 수저질은 하는 둥 마는 둥 했다. 수미는 국물이 다 식도록 내내 빈대떡만 오물거렸다.

나는 새벽에 전화를 걸어서 수미를 갑작스레 불러낸 탓에, 또 딱히 뭐라 소개하기도 마땅찮아 남천에겐 그저 시 쓰는 여자라고 했다. 처음에 녀석은 눈을 가늘게 뜨고 나와 수미 사이를 의심하는 듯했다. 남천이 방을 예약할 때 나는 깜짝 놀랐다.

트윈 룸으로 주십시오! 녀석이 객실을 하나만 예약했던 것이다. 내가 녀석을 나무라는 것을 수미가 막았다. 저는 괜찮아요.

남천은 나와 함께 화장실에 들어섰을 때 휘파람을 불었다. 동백꽃 기억으로 내내 혼란스러운 나를 바라보고 있는 남천의 의중을 짐작할 수 있었다. 그러나 나는 나란히 서서 지퍼를 내리며 남천에게 말했다. 녀석, 수미 씨와는 그런 사이가 아니다. 남천의 휘파람 소리가 뚝 그쳤다.

그럼은요?

녀석, 볼일이나 마저 보아라.

자리에 앉아 제 접시로 덜어간 새우 한 마리와 실랑이를 하던 남천이 물수건에 손가락을 닦으며 입을 열었다. 아, 형 그리고 내일……, 남천이 그녀의 결혼식 얘길 끄집어내려는 것 같아서 나는 집었던 낙지를 팽개치며 재빨리 대꾸했다. 그래, 내일까지 있으련다.

이번에는 내가 수미를 의식하고 그랬던 것일지도 모른다.

남천은 내 반응에 그만 입을 다물었지만 서운한 듯 했다. 기묘해진 분위기 속에서 잠시 수저질을 멈추고 있던 수미는 생선 한 토막을 제 접시로 옮겨, 조용히 뼈를 발라내기 시작했다.

쉰내가 배어 입 속은 텁텁하고 깔깔하다. 물 생각이 간절하지만 몸을 일으킬 엄두가 나지 않는다. 나는 지금까지도 그녀의 결혼식 초대에 응해야 할 지 말아야 할 지 결정하지 못했다. 창을 열면 밤바다 파도소리가 시원하게 들릴 것이다. 억지로라도 일어서야겠다고 마음먹는 순간, 요란하게 문소리가 났다. 남천이 기어이 약봉지를 들고 룸으로 들어선다.

왜 벌써 들어 오냐.

형, 살아있나 궁금해서. 수미 씨도 피곤해 하는 것 같고.

남천은 신을 신은 채 침대 끝에 털썩 주저앉는다. 바람 묻은 체취에 술내가 짙게 섞여 있다. 눈 아래 검은 그늘이 생긴 수미가 곁에서 고개를 끄덕인다.

형, 약사 말이 단단히 체했다는데.

혹 식중독은 아니고?

응, 심하게 체하면 열과 구토 나고 설사도 하고 그런답디다. 자, 이 약 먹고 푹 자고 나면 나을 겁니다. 어서요. 남천은 물컵을 들고 와서 내가 입속으로 약을 털어 넣는 것을 지켜보며 앉아 있다. 그리고 형, 아주 근사한 걸로 치수 맞게 양복을 한 벌 빌려다 놓을 테니 혹시 필요하면 내일 아침에 연락해요.

그러니까 점심때부터 남천이 하고 싶었던 말이 바로 이것이었구나. 녀석은 벌떡 일어서며 손을 흔든다. 난 이제 갑니다, 형! 수미 씨, 미안하지만 형을 잘 부탁해요.

수미가 다시 고개를 끄덕이며 조용히 일어선다. 문을 열고 나가기 전에 남천이 한 번 돌아본다. 내가 한 손을 들어보이자 녀석은 잠깐 수미를 바라보더니 말없이 문을 닫는다.

나는 수미에게 이것 참 미안합니다, 하고 수미는 내게 주무세요, 한다. 그리고 그녀는 침대 조명등 하나만 남기고 모두 소등한 뒤 제

가방을 들고 욕실로 들어간다. 샤워기에서 물 쏟아지는 소리가 들린다. 아내가 떠나기 전까지, 거의 매일 저녁 들었던 저 물소리에 나는 새삼스레 목이 메어온다. 그러나 뒤척이며 돌아눕는 대로, 마음은 지극히 편안해진다. 지금의 내겐 바닷가 파도 소리보다 위로가 되는 게 바로 저 소리다.

수미는 욕실에서 나오자마자 곧 제 침대 속으로 들어가는 기척이다. 그리고 눕자마자 선생님, 하고 부른다.

예.

체증에도 마음이 불편한 것은 독입니다. 제 어머니가 자주 체증을 호소하세요.

나는 돌아누운 채 농담조로 대꾸한다. 수미 씨가 어머니 마음을 어지간히 불편하게 하나보다. 그러나 수미는 웃지 않고 말을 잇는다.

제 어머니는 아버지를 잃은 후 얼마 되지 않아 절친했던 친구 분도 잃으셨어요. 아버지와 함께 북으로 갔던 분의 부인이셨죠. 신문에도 보도되었던 걸로 알고 있어요. 한밤중에 베란다에서 떨어져 돌아가셨는데, 사인은 실족사라고 났었지요.

실족사라니요, 대관절 어쩌다가? 나는 수미가 누운 침대 쪽으로 되돌아 눕는다.

아, 저희 아버지처럼 북으로 갔다가 돌아오지 못하는 남편 걱정에 실명하셨더랬어요.

앞을 보지 못하는 분이 밤에 베란다엔 왜 나간 걸까요, 죽은 남편의 영혼이라도 보았던 걸까.

알 수 없는 일이예요. 하지만 제 어머니는 실족사라는 것을 지금
도 믿지 않으십니다. 돌아가신 분이 남편의 월북 누명을 벗겨달라는
절규 같은 시를 지속적으로 써내지만 않았더라도 죽음을 면했을 거
라고, 입버릇처럼 그리 말씀하십니다.

그쯤에서 입을 다물고, 수미는 몸을 뒤척이며 한숨짓는다.

잠이 오지 않는가 보군요.

동백을 떠올리고 있어요.

꽃이 다 지고 없더군요.

꽃이 아니라 나무 말예요. 그 몸속에 수많은 물길을 마련해 두고
있겠지요, 곁가지가 나는 건 아마도 나무가 만든 새 몸길이겠죠. 맥
주를 마시며 남천 씨가 선생님의 오래 전 얘길 많이 했어요. 그리고
선생님 참 좋은 분이라고 하더군요. 저는 남천 씨만큼 선생님을 알
지 못하지만 선생님의 시를 오랫동안 좋아해왔어요.

나는 녀석이 쓸데없는 소릴 했군요, 라고 중얼거리며 수미처럼 백
련사의 동백나무를 떠올린다. 그 해묵는 세월동안 긁히고 부러지는
상처들에 스스로 피 같은 진을 내어 살을 붙이며 치료해 간다고 하
지 않는가. 그래서일까, 백련사 동백은 통일 신라적 불상처럼 또 간
딘스키의 초기 조형처럼 서정적인 곡선미를 자아내고 있었다. 나는
문득, 모든 둥근 것은 모난 기억을 가지고 있다는 남천의 시구를 떠
올리며 고개를 끄덕인다.

몸을 돌려 수미를 불러 본다. 대답이 없다. 수미가 누운 쪽의 어둠을 응시한다. 아무 움직임은 없고 고른 숨소리만 들린다.

나는 다시 고쳐 누우며 잠을 청한다. 그리고 진득하게 땀이 차오르는 손바닥을 허벅지에 문지르며 생각한다. 그녀에 대한 기억이 꽃처럼 떨어져 내 안에서 곰삭아 나무 같은 몸에 굳은살처럼 박였을 때, 그때 비로소 다 얘기하리라고.

토끼꼬리

우리는 낯선 것에 익숙하지 못한 인간이다.
당신과 나는 만나야 한다.

토
끼
꼬
리

아침에 느닷없이 거울이 떨어졌어요, 박살이 나버렸죠. 당신은 아무런 대꾸가 없군요. 그래요, 사실은 금만 간 건지 완전히 깨져버린 건지 나는 몰라요. 짧고 둔탁한 울림은 이내 과거가 되었고 요란한 소리로 현재가 되는 것까지만 확인했을 뿐이거든요. 거울을 일으켜 세우는 일은 미래로 남겨 두었어요. 제발요, 왜 그랬냐고 물어보기라도 해줘요. 당신이 선물했던 거울이잖아요, 당신이 곁에 없을 때면 들여다보고 속살거리라고 사다 주었던 건 기억하죠? 졸음이 완전히 달아나버렸어요. 나는 쏜살같이 달리는 자동차에 치어 납작해진 고양이 사체를 보듯, 두 손으로 얼굴을 가리고 비실비실 방 한쪽 구석으로 몸을 피해 접었어요. 완전히 엎어져 있는 저 사체를 들추어볼 용기가 내겐 없으니까요. 분명히 그 속에 들어앉아 있을 내 오만가지 상(像) 중에 어느 것 하나가 쏟아져 나와 널브러져 있을지 몰라요, 아님 파편이 박혀 흉측해져 있을 것만 같아요. 타인들이 봐줄 만한 상태가 되기 위해서는 깨진 거울이라도 봐야 하는데, 나는 이제 거울도 안보는 여자예요.

여, 여가 어데요(여기가 어디요). 냐(예)? 보소, 여가 어데요?

이웃에 사는 노인의 목소리다. 노인은 매일 아침, 끈질기게 물으며 돌아다닌다. 무슨 연유로 그 지경이 되었는지 확실히 아는 사람은 아무도 없는 듯하다. 오래 전에 불쑥 나타나 이 동네에서 살기 시작했을 때부터 노인의 물음도 함께였다고 한다. 그 물음은 한 길로 나있는 내 방 창문 아래서 멈추어 서기 일쑤다. 동네 사람들은 노인을 무시하긴 해도 미워하지는 않는다. 저 물음에 친절하게 답해주는 사람도 적지 않다. 굵직하고 여유로워서 믿음이 가는 출근길의 목소리들.

아, 그래요? 고맙소, 참말 고맙소. 그러나 답을 들어도 노인의 물음은 거기서 그치지 않는다. 그러면 여기서 역까지는 얼마나 되는교(됩니까), 마이 머요(많이 멀어요)?

예, 할아버지. 멉니다, 아주 멀어요. 그렇게 대답해주는 야무진 목소리는 청소 중인 젊은 여자이거나 늦잠으로 지각하게 된 아이의 것이기에 길게 이어지지 못한다. 마침내 출근과 등교가 끝난 한길이 적막해지면 노인의 목소리도 더 이상 들리지 않는다. 노인은 돌아가 버린다. 돌아가 버린 노인의 목소리만 창문 아래서 뱅뱅 맴을 돈다. 노인이 가야 할 곳, 혹은 노인이 가고 싶은 곳은 어디일까.

그러나 꼭 한 번, 노인의 몰골—지저분하고 노쇠하여 이미 오래 전에 버려진 가축과 흡사했다—을 본 후 말을 붙일 생각은 거둔 지 오래다. 그저, 매일 아침 들리는 노인의 목소리는 내가 이곳에서 견딜 수 있는 힘이 된다. 굵직하고 여유로워서 믿음이 가는 목소리와 야무진 대답까지 더해서 내게로 전해지는 메시지가 있다. 이곳에서 살아야한다, 어떻게든 이곳에서 살아나가야 한다는 것.

누워야겠어요, 다시 눅진한 졸음이 쏟아져요. 당신이 늘 말했듯 나는 지독하게 용기가 없나 봐요. 진즉 허공의 먼지가 되어야 했을 저 거울을 스스로 깨지 못했을 뿐만 아니라, 이제 눈앞에 사체(死體)가 되어 있는 것을 치우지도 못하고 있으니 말예요. 아니에요, 실은 고단해서 어쩔 줄 모르고 있는 거예요. 이즈음은 계속 졸리기만 한걸요. 온몸이 나른해오고 꼼짝하기 싫어요. 저 속의 내가 아파하고 불편해 할지라도 당분간 그대로 둘 수밖에. 무엇보다도 경이로운 기운이 내 온몸을 짓눌러 올수록 일어서는 당신 생각.

어젯밤도 외로웠어예?

옆에 놓인 의자를 끌어당겨 앉으며 묻는 목소리는 그 자리 주인의 것이 아니다. 이제 열여덟 살의 사내아이 정하(丼下)다. 자리의 주인은 수학선생이다. 선생이 두통약을 구하러 약방에 간다고 황급히 일어선 지는 불과 몇 분밖에 지나지 않았다. 수학선생의 구둣발소리가 계단에서 사라지기도 전에, 나는 손거울을 꺼내 들여다보았다. 밤새 짠물이 담겼던 그릇은 부풀어있다. 눈자위는 한참 화끈거리더니 이제 욱신거린다. 아직 불편하긴 해도 곧 가라앉으려나 보다.

응, 정하가 너무 일찍 왔구나. 손거울을 내려놓으며 나는 찬찬히 녀석의 눈을 들여다본다. 욕심이나 고집이 너무 없어 보여, 깊이 들여다보면 가슴이 싸해질 때가 있는 눈, 내가 갖고 싶은 마음 같은 눈이다. 그래서 녀석이 따르는 만큼 나도 녀석을 좋아하는 건지 모른다.

일등은 수학선생님이던데요? 계단을 올라오다 뵈었어요!

그랬다. 가장 먼저 출근한 사람은 오늘도 역시 수학선생이었다. 어라, 국어선생 오늘 일찍 나오네?

교무실 문을 열자 그가 큰 소리로 인사해왔다. 예, 잘 주무셨어요? 오늘도 어김없이 부지런하시네요.

나야 뭐, 좁은 하숙방서 별 할 거리가 있어야지.

어제저녁에 사모님이 춘천에서 여기까지 오셨다고 들었는데, 아니었어요?

아니긴 왜 아냐? 밤새도록 보고 아침 첫차 타고 올라갔지.

한 달에 한 번 그 먼 데서 오시는데, 좀 잘해드렸는지 몰라요.

멀기는, 고속버스 속에서 바깥경치 즐기며 군것질 하지. 그러다 좋은 꿈꾸고 일어나면 도착해 있는 거리가 멀기는! 그리고 밤새 입술이 불어터지도록 뽀뽀했으면 되었지, 또 뭐? 수학선생은 단숨에 말을 마치더니 낄낄 웃는다. 그 입술 따라 콧구멍까지 벌름거리지만 속돼 보이지 않는다. 무슨 사정이 있어서 춘천에 가족을 두고 이곳까지 내려와서 입시학원 선생을 하는 건지는 모른다. 그러나 혼자 지내면서 지각이나 결근 한번 하는 법이 없다. 몇 벌 되지 않는 옷에서는 매일 세제향이 은은하게 배어나온다. 선생의 아내는 아마도 이런 여자일 거다. 틈이 많아서 그 사이로 쉴 새 없이 물기가 새어나오는 여자, 그를 안아 꼭꼭 틈을 막으며 미소 짓는 여자, 가당찮게 생기는 삶의 틈쯤이야 인내로 넘나들며 메꿔 나가는 촉촉한 여자, 그래서 스스로 호수가 되고 그마저 역시 거대한 호수로 만들어버리는 여자. 이곳은 뜨내기들로 끊임없이 바람이 일어서는 도시이다. 그러나 아내와 떨어져 사는 수학 선생의 모습에 흔들림이란 없다.

정하가 의자를 이쪽으로 바짝 잡아당기며 다시 묻는다. 선생님, 외로웠지예?

녀석은 어느 날을 기억하고 있다. 겨울을 재촉하는 비가 내리고 있었고, 나는 잿빛 날씨에 어울리는 이 낯선 입시학원 근무에 제법 익숙해져갈 무렵이었다. 감상(感想)과 감상(感傷)의 의미 차이를 설명하기 위한 예문을 머릿속에 작문하고 있을 때였다.

선생님, 눈이 쪼그매졌어요. 느닷없는 정하의 목소리에 다른 녀석들의 시선이 모두 내게 집중된다. 눈과 눈이 마주친다. 달그락, 그릇 부딪히는 소리가 난다. 나와 녀석들은 잠깐 서로를 감상한다. 이럴 땐 녀석들을 무시해야 하는데, 나는 역시 익숙하지 못했다. 아주 잠깐 창밖의 빗소리가 제법 크게 들리는 것 같더니 이내 열 명 남짓한 녀석들의 목소리가 빗소리를 말끔히 닦아냈다.

저녁땐 라면 먹으면 안돼요, 아침에 퉁퉁 붓거든요. 울 어머니는 신장이 나빠서 아침마다 얼굴이 부어요, 선생님도 그런 거 아녀요?

마, 누가 울렸나 보다. 너 같은 놈이 있어서 밤새 선생님을 애먹였나
보다. 그쯤에서 정하의 목소리가 또 한 번 튀어 오른다. 울었어요?

이제는 어쩔 수 없이 무슨 말로든 대꾸해 주어야 했다. 녀석들을
제각각 납득 시킬 만한 말을 찾기 위해 얼른 애를 쓰지만 쉽지 않았
다. 가끔, 그래.

다시 빗소리가 커졌다. 나는 칠판을 향해 돌아서며 (예) 하고 쓴다.
그리고 덧붙여 말했다. 외로울 때면 그래, 나는 눈이 쪼그매져.

그리고 내내 빗소리만 크게 들렸던 그 어느 날의 기억, 그 비를 감
수하고 나니 무지개가 떴던가.

우리는 사람들의 여름 한 철 관심으로 겨우살이까지 마련해서 먹
고 살아야 하는 작은 바닷가 마을을 떠나온 닭은꼴. 나는 이곳에서
짭조름한 고향냄새를 맡아요. 내 고향은 토끼의 하얀 정강이쯤에 걸
려있으니 이 냄새는 당신의 고향 것이 틀림없을 거예요. 이곳은 토
끼 엉덩이예요. 당신의 고향은 여기서 버스를 타고 한 시간도 채 걸
리지 않는 거리에 있다고 그러더군요.

당신이 내게 건네준 토끼꼬리는, 후욱 불면 둥글게 둥글게 잔물결
이 일었어요. 노랑이 가끔 섞인 듯 했지만 그것은 역시 희었고, 믿을
수 없을 만큼 가늘고 많은 털로 이뤄져 작은 바람에도 몸서리를 쳤
지요. 당신은 짧은 여행에서 돌아오던 날 장난스럽게 웃으며 그걸
내게 선물했어요. 놈을 통째로 사로잡고 싶었어. 네가 좋아할 것 같

아서 죽으라고 뒤쫓았는데 오르막길로 뛰어오르는 데는 이겨낼 수
없더라구. 몸을 날려 덮치는 순간 분명히 무언가 잡았다 싶었는데,
글쎄 놈은 이미 저만치 달아나고 있더군. 후후, 이렇게 꽁지만 빼놓
고 걸음아 날 살려라 달아나던 꼴이, 후후후.

잘 마른 흙냄새가 물씬 풍길 것만 같은 그것이 토끼꼬리였기에 놀
라지는 않았어요. 그 속에 숨겨져 있었던 것-퇴화되어 둥글게 말린
꼬리뼈-을 당신이 손가락으로 펴내었을 때 아아, 나는 비명을 지르
고 말았죠. 그렇게 감쪽같이 모르고 살아야 하는 것들이 세상엔 또
얼마나 많을까. 당신이 죽어라고 쫓았을 토끼, 결국 손에 넣은 꼬리.
그리고 당신의 고향. 나는 자리에 누워서 가만히 당신의 얼굴을 들
여다볼 때마다 머릿속에 무수히 많은 지도를 그렸어요.

찌르……, 등 뒤에서 자전거가 짧게 주의를 준다. 그것을 부리는
게 장보기만큼 일상이 된 아주머니인가보다. 한 걸음 비켜서자마자
설렁 바람이 인다. 역시 짧은 머리칼에 넉넉한 어깨와 엉덩이의 중
년여인이 바구니를 앞세우고 휙 앞서간다. 나는 살랑 바람 같은 웃
음이 난다. 이제 이 도시의 자전거 경적소리에도 익숙해져버렸다.
비켜요, 비켜……, 모자를 눌러쓴 운동복 차림의 아저씨는 쩌렁 쩌
렁 엄포 놓듯 한다. 머리가 하얗게 센 할머니는 자르릉 자르릉, 나무
라며 간다. 짜릉 짜릉, 자랑스러움이 깃든 경쾌한 것은 셔츠소매를
걷어 올린 아이들 소리다. 자동차만큼의 자전거도 달리는 이 도시의
한길을 걸으며, 경적에 배어있는 다양한 사람 소리를 듣는다.

하늘에 구름이 많다. 이런 날이면 땅과 하늘은 쉬이 구별 되지 않는다. 지평선을 가리며 늘어서 있는 건물들까지 고스란히 회색이다. 낡은 아스팔트가 일률적으로 놓인 도시 길바닥까지 온통 하나의 색이다. 지겨운 무채색의 명암과 농담으로 인도와 차도는 가까스로 구분된다. 그래서 꺼뭇꺼뭇 눌어붙은 껌 자국이 더욱 두드러지는 건지 모른다. 내가 매일 집 앞에서부터 입시 학원까지 걷기로 마음먹는 까닭은 포인트처럼 붉은 타일이 깔린 이 도시의 길바닥 때문이다. 인도 가운데 곧게 깔린 붉은색 타일은 무채색들과의 즐거운 대비이다. 나는 줄곧 진한 코코아잔을 기울이는 상상을 하며 길을 걷는다. 더 밝고 따듯하게 이어가며 살아가야 하는 길, 이 길이 자전거 전용 길이라는 것을 알기 전까지, 나는 평균대 위를 걷는 체조선수처럼 가볍고 조심스럽게 붉은 타일만 밟으려고 애썼다. 나는 내내 백사장 위를 달리며 자랐기에 자전거를 부릴 줄 모른다.

어렸던 내가 갈색 말과 함께 모래밭을 달렸던 적이 있다. 붉은색 모자를 쓴 조련사가 말을 노련하게 부리고 있었다. 예전엔 경마장에서 우승컵을 독차지하며 달렸던 훌륭한 말이라고 했다. 이제는 너무 늙어서 쓸모가 없어진 놈이야. 그렇게 말하며 모자를 벗은 조련사의 머리카락은 눈부신 은발이었다. 아아, 또 달려보세요! 또. 그때 말은 행복해 보였다. 말발굽 아래서 모래마저 파도와 몸을 섞으며 단단한 생명체가 되는 것 같았다. 조련사도 행복해 보였다, 그저 발을 구르며 내달릴 뿐인데. 그것은 마치 말과 조련사의 숙명적인 행복 같은 걸로 보였다. 이곳 아이들이 자전거를 사달라고 제 부모를 조르는 것 이상으로 나는 그 말이 갖고 싶다고 졸랐다. 잊을 수 없는 기억이란 이렇게 때때로 내 영혼의 휴식이 된다.

입시 학원 정문을 들어서며 누군가와 몸이 부딪힌다. 나는 어깨에서 흘러내리는 가방을 반사적으로 끌어올리며 외친다. 너? 정하는 잠깐 멈춰 서는 듯 했으나 고개를 제대로 들어보이지도 않고 바람을 일으키며 달아난다. 녀석의 자그마한 체구 어디에 저런 저돌적인 힘이 숨겨져 있었을까. 교무실에는 수학선생이 혼자 앉아 담배를 태우고 있다. 커피가 채 마르지 않은 종이컵 속의 찌부러진 꽁초들은 흰 숨이 채 끊어지지 않았다. 정하와 무언가 좋지 않았던가, 도대체 무슨 일?

수학선생이 목덜미까지 붉어진 얼굴을 들고 나를 쳐다본다, 눈동자가 심하게 흔들린다. 그가 한숨을 내쉬며 중얼거린다, 이곳까지 와서 또다시 한계를 느낄 줄 몰랐어. 참교육을 부르짖었던 내가 다시 또 손찌검을…….

내가 묻는다, 정하가 무슨 큰 잘못을 저지른 건가요. 그가 다시 담배에 불을 붙인다. 수학 성적이 지나치게 떨어져서 나무랐더니 저한테서 신경을 딱 끊으라더군. 대학 따위는 가지 않겠답니다. 정하는 학원에서 집이 가장 먼 아이다. 가게 배달용으로 사용하는 오토바이를 직접 몰고 다니며 늦은 시각까지 공부하는 아이다. 집안 형편이 크게 어렵다는 이야기를 들은 적도 없다. 녀석은 그저 천성적으로 말이 많지 않은 아이 같아 보인다. 무슨 이유래요? 수학선생은 종이컵 속에 침을 뱉으며 말한다. 독립하는데 거추장스러울 뿐이래. 놈이 국어선생을 마음으로 따르는 듯하니, 정하와 속 깊은 이야기를 좀 해봤으면 싶네. 그리고 꽁초를 비벼 끄던 그가 다시 말한다. 생각보다 복잡한 녀석이거든. 대학에 가지 않을 결심을 오래 전에 했다면 뭣 하러 비싼 수강료 들여가면서 이 먼 곳까지 공부 다니느라 고생했냐고 물었더니, 허참! 도망 다닌 거래요. 알 법도 한 소리이긴 해, 녀석은 줄곧 탈출을 시도해 왔으니까. 알 수 없다. 탈출이라뇨? 음, 토끼꼬리로부터, 숙명으로부터. 어쨌든 국어선생이 녀석과 꼭 좀 상담을 해줘요. 저대로 두기에 녀석은 아깝도록 영리하니까.

저녁 식사 땐 제대로 만들어진 비빔밥이 먹고 싶다는 생각을 종일 했어요. 내가 어머니의 뱃속에 담겨 있었을 때도 자주 요구했던 음식이래요. 후후, 아무래도 나를 닮았나봐. 비빔밥은 고추장의 매운 맛을 더욱 부추기는 설탕과 참기름의 배합이 중요해요. 이곳 식당 음식들은 즐겁게 먹을래야 먹을 수가 없어요. 그저 머무르기 위한 사람들을 위한 공간 특유의 무성의함이, 맛으로 배어 있거든요. 당신은 또 내 입맛이 까탈스러워서라고 나무랄 건가요. 달걀 한 줄과 신선한 채소를 사들고 결국 나는 집으로 왔어요, 야간수업까진 아직 시간이 좀 있어요.

열여덟 시쯤 되면 동네 아이들은 한창 야단 중이예요. 고함을 지르고 공을 차고 달음박질 하며 아우성이죠. 그 법석임은, 집 안에서 저녁 식탁을 준비하는 아낙들의 분주함과 통해요. 녀석들을 불러들이는 그녀들의 목소리에는 그야말로 애정으로 고소하게 무쳐진 바지런함이 가득하죠. 아빠가 퇴근하기 전에 밥을 뜸들이고 생선을 굽고 찌개를 끓여야 하는 동시에, 녀석들을 씻기고 옷을 갈아입혀서 저희들 방이나 거실 텔레비전 앞에 얌전히 앉혀 두어야 하는 거예요. 날마다 일상처럼 누릴 수 있는 그녀들과 녀석들의 분주함이 나는 왜 이렇게 부러운 걸까요. 아니, 정말 부러운 건 이제 곧 가족 구성원들이 모여앉아서 함께 누릴 맛있는 여유로움 일거예요.

빈 교실 의자에 앉아 더듬어보니 젖가슴이 그리고 아랫배가 둥글어져 있다. 블라우스를 젖히고 보니 피부 아래 가늘고 푸른 핏줄이 내비친다. 나는 하얀 석고로 빚은 모자상(母子像)을 떠올린다. 아이를 안고 있는 어머니의 긴 팔이 그리는 곡선만큼이나 지금 내 몸은 둥글다.

아이구, 이게 누구십니까? 수학선생의 목소리다. 급히 옷깃을 여민다. 바깥은 소란스럽다. 슬쩍 문을 열고 나가보니 머리가 반쯤 벗겨진 중년의 남자가 허리를 굽히고 서 있다. 훅, 비린내가 풍겨온다. 처음 보는데 낯이 익다. 체구가 작은 데 팔이 길고 피부는 검붉다. 손에 신문지로 포장된 작은 상자를 노끈으로 묶어서 들고 있다.

이쪽으로 좀 앉으십쇼. 아, 국어선생? 정하 아버님이세요. 커피 한 잔 부탁합시다.

그리고 보니 넓은 이마와 굵은 목덜미, 쳐져 내려온 어깨선이 정하와 꼭 닮았다. 내가 커피를 뽑는 동안 이야기 소리에 섞여 간간 웃음도 끊이지 않는다. 수학선생은 마치 한 동네에서 오래 같이 살아온 어르신 대하듯 예의를 지키면서도 만만하게 대화를 이끌어 나간다. 정하의 대학 진학 문제로 상담을 온 건가 보다 했는데 옆에 앉아 들으니 그게 아니다. 남자는 이즈음 정하의 언행을 수학선생으로부터 더욱 상세히 전해 들으며 괴로워하는 눈치다. 수학 선상님이 대강 아시는 대로 어려서 어미 잃은 상처에다가……, 남자는 머리카락이 없는 이마를 쉴 새 없이 문지르며 굼뜨게 말을 이어간다. 나는 퍼뜩 정하의 눈을 떠올린다. 욕심이나 고집이 너무 없어 보이는 눈, 다시 가슴이 싸해온다.

아이쿠, 그래 이 귀한 걸 예까지 직접 가지고 오셨어요? 정하 아버지와 한참 이어가던 이야기가 끊기자 수학선생은 그가 들고 온 상자를 책상 위로 끌어올리며 호들갑을 떤다. 국어선생! 이게 뭔지 알아요? 과메기라구. 먹어본 적 있나 볼라. 겨울바람이 얼리고 겨울해가 녹이기를 되풀이해서 만들어내는 단백질 덩어리지. 이거 고마워서 어쩐답니까?

남자가 고개를 조아리며 다시 대꾸한다. 마, 집사람이 죽은 후로 쭈욱 ‘특산물 과메기 전문점’은 문을 닫은 거나 마찬가지였어예. 그 사람의 솜씨를 누가 흉낸들 낼 수 있어야지예. 몇 해 겨울 동안 구룡

포까지 찾아 들어오는 단골들의 실망스러운 얼굴을 보는 것도 참말 괴롭았지예. 다 지가 못나서⋯⋯, 이거는 올겨울 내내 얼었다 녹이기를 되풀이 시키면서 우리 처남이 솜씨를 부려 만든 겁니더. 그동안 공부가 길어서 고향을 떠나있었는데 얼마 전에 불쑥 기별도 없이 돌아와서는 다시 장사를 시작하자고 그라지 뭡니까. 대견스럽고 고맙어서 죽을 지경 입니더. 정하가 즈그 외삼촌을 유난히 따르니 갸(그 아이)도 인자(이제)는 ⋯⋯ 엇! 남자가 말을 끝까지 잇지 못하고 돌아본다. 갑작스럽고 짧은 외침 소리에 놀라기는 모두 마찬가지다.

아! 정하야, 아버지께서 여기까지 오셨구나. 그러나 정하는 수학 선생 쪽은 쳐다보려고 하지 않는다. 녀석은 주먹을 꽉 쥔 채 남자를 똑바로 노려보고 있다. 이 녀석, 정하야! 아버지의 말을 가로막기라도 하듯 정하의 목소리가 낮게 깔린다. 이곳까지 시체를 들고 올 건 뭡니까. 남자의 얼굴이 흙빛으로 일그러진다. 녀석의 목소리가 좀 더 커진다. 썩은 시체! 외치는 정하의 눈에 눈물이 고여 있다. 나는 입술을 뗀다. 저기, 정하야⋯⋯, 그런데 정하가 돌아선다. 녀석을 뒤쫓아야 한다. 그래야 하는데 나는 입을 열자마자 열 걸음도 채 못 내딛고 주저앉아 버린다. 참았던 구역질이, 이리도 지독한 구역질이⋯⋯, 하필이면 이럴 때 왜.

당신은 맑지만 고통스러운 맛을 가진 바닷물 같은 소주가 좋다고 그랬어요. 밤늦은 시각, 방문 앞에 서서 묻고 싶은 것이 많은 눈으로 나를 바라보는 당신에게서, 그래요! 바다 냄새가 났어요. 토끼꼬리는 잘 있습니까? 내가 대답하기도 전에 당신은 격렬하게 나를 안았고 무엇인가 찾아 헤매는 사람의 몸짓으로 내 안을 깊이 파고들었죠. 내가 처음에도 아프지 않았던 건 당신이 습한 사람이었기 때문이에요. 고향을 짐작할 수 있을 만큼 소금물에 젖어있는 듯한 사람이 바로 당신이었지요. 천천히 당신이 내 밖으로 물러나면 나는 취하고 당신은 깨었어요. 물 속 같은 고요가 흐르고, 의식이 몽롱해진 내 귓가에 대고 당신이 했던 말은 이랬어요. 이렇게 얼었다 녹기를 되풀이하다간 결국 썩고 말텐데……. 또 이런 말도 했지요. 고향으로 돌아가야 해. 그리고 당신은 이내 깊은 잠 속으로 빠져들었고 나는 정신이 맑아져 뜬 눈으로 밤을 지새웠어요. 그 이후 언젠가, 나는 가지고 있던 토끼꼬리를 잃어버리고 말았어요. 하지만 손끝으로 기억하고 있죠. 하얀 물결 사이로 보이는 비죽한 그 곳(串), 당신의 고향.

너, 토끼꼬리를 본 적이 있니? 내 물음에 정하의 눈동자가 심하게 흔들린다. 동시에 녀석의 입술선도 팽팽해졌다. 나는 하나 가지고 있었더랬어. 네가 사는 곳이 우리나라 지도상으론 토끼꼬리지? 녀석은 대답하지 않는다. 정하야, 정하야. 녀석과 미치도록 이야기를 나누고 싶은 쪽은 내 쪽, 바로 내 쪽이라는 것을 이 녀석이 알아주었으면……. 그러나 알 리 없다. 이제 녀석과 꼭 닮은 눈빛으로, 그가 가까운 곳에 있다는 사실만 짙은 바다색으로 밀려든다.

선생님, 토끼꼬리에 가보고 싶으세요? 녀석이 가운데 손가락 마디를 꺾으며 급작 입을 연다. 내가 천천히 고개를 끄덕인다. 왜요? 이번에는 내가 대답을 못한다. 아아, 사람이 하고 싶은 말이 너무 많으면 오히려 아무 말도 못할 때가 이래 있나 보다. 정하가 다시 말한다. 그곳은 모두들 떠나고 싶어 하는 곳이에요. 나는 비로소 대꾸한다. 그럴 수 있어. 너도 그러니? 정하는 또 한참 대답이 없다. 그러다 생각났다는 듯, 녀석이 불쑥 말한다. 진짜 토끼꼬리는 장기곶이예요. 곶(串)? 나는 알 것 같다. 털 뭉치 속으로 집게손가락을 집어넣으면 퇴화되어 둥글게 말려 올라갔던 꼬리뼈가 펴지며 그것의 끝이 보였지, 비죽이. 몸을 떨면서도 나는 안도감 같은 것을 느낀다. 그래, 거기 토끼꼬리에 말야. 내가 꼭 만나야할 사람이 있을 지도 몰라, 정하야.

녀석이 문득 그와 나의 관계를 알아차린 것은 아닐까, 한숨과 함께 정하의 입에서 무수한 말이 물결치기 시작한다. 몇 달 전에 외삼촌이 돌아와서 마을 아이들 공부를 가르치기도 하고 아버지 가게 일을 돕고 있어예. 우리 어무이 시체가 겨울바다에 떠올랐을 때 눈물도 한 방울 보이지 않았던 미운 삼촌이지만 죽도록 공부해서 마침내 고향을 떠나던 당당한 모습은 좋아 보였죠. 올 어무이는 물고기를 씻고 말리고 다듬는 일을 정말 싫어했어예. 그것보다 더 싫어했던 거는 이른 아침부터 소주냄새 풍기면서 댕기는 마을 어른들이었죠. 자고 일어나보면 어무이가 없는 날이 많았어예. 아부지는 가게 문을 걸어 닫고 술을 마시다가, 지치면 어무이를 찾아다녔어예. 그렇게 찾아온 어무이를 생선 패대기치듯 거칠게 다뤘죠. 와, 와 때리요? 내는 이래 살기 싫단 말이요. 어디로든 내는 떠날끼라요! 어무이는 견디다, 견디다 못해 장기곶에 올라…… 바람을 잃은 바다 같은 정하의 고요한 눈에 눈물이 고인다. 며칠 뒤 찾은 울 어무이 시체는 얼어 있었어예. 푸르스름한 그 얼굴을 빠히 쳐다보고 서있는 제 얼굴을 외삼촌의 젖은 손이 먼 바다로 돌려주었죠, 그곳은, 토끼꼬리는 어무이 무덤이나 다름없는 곳인데 외삼촌은 거기 올라가서 자주 혼자 낚시를 하죠. 비스듬한 각도에서 바라보면 외삼촌 얼굴 모습이 꼭 어무이와 같아, 속으로 얼마나 우는지 몰라예. 그래서 자꾸 자꾸 외면했지예. 어느 날 외삼촌이 선생님처럼 제게 물었어예. 너도 떠나고 싶으냐, 이곳 토끼꼬리에서? 저는 고개를 크게 끄덕거리다가 소리 내어 울고 말았어예. 외삼촌의 얼굴에 더 이상 떠날 곳은 없다, 떠나서는 안 된다는 말이 쓰여 있는 것만 같았거든예.

나는 조심스럽게 정하의 손을 잡아 쥔다. 차지도 따뜻하지도 않다. 그것이 나를 기쁘게 한다. 녀석과 나는 비로소 체온이 같아졌나 보다. 그와 너의 토끼꼬리에 나도 같이 가자꾸나. 녀석이 제 새끼손가락을 순순히 걸어준다. 오토바이로 데리러 갈 테니, 선생님 잠들면 안돼예!

당신은 알 수 있나요? 우리를 이곳까지 내몰아온 것의 정체를. 점점 배가 팽팽해지고 있어요. 내 안의 깊은 곳에서 살아 뛰는 심장이 우리 것과 꼭 닮아있을 거예요. 지금 나는 생명이 하나가 아니에요.

둘로도 충분치 못해요. 나는 수백 개, 수천 개의 생명으로 달리고 있어요. 꿈을 꾸죠. 갈색 말이 백사장을 달리고 있어요. 미간에 선명하게 그인 줄과 밀려들며 부서지는 파도, 이쪽으로 넓게 펼쳐진 모래사장까지 온통 흰색이군요. 말 머리가 한 쪽으로 기울어요. 마침내 달리기를 멈추고 내 몸에 제 머리를 비벼대는……, 아아 우리에게 이 생명은 숙명이에요.

줄곧 얼었다 녹기를 되풀이하는 건 정하뿐만이 아니지요. 나는 어떤 식으로든 정하 이야기가 하고 싶었다. 수학선생이 크게 머리 끄덕일 수 있도록. 제자리에 앉아있는 그에게로 조심스레 커피를 한 잔 건넨다. 그가 엇! 고마워요, 하는 건 여전한데 나를 올려다보는 눈은 즐겁게 허둥거린다. 그렇다, 오늘 그는 달라 보인다. 한껏 익어 올라 터질 듯한 과실 같은 느낌이다. 수학선생은 뜨거운 커피를 단숨에 마셔버리고 종이컵 가장자리를 손가락으로 두드리고 있다. 나는 그 모습을 지켜보며 천천히 커피 잔을 기울인다. 컵 속에 가득 차는 당신, 그리고 정하가 어렸다가 퍼뜩 사라진다.

국어선생을 초대하고 싶어요, 내 방이 아닌 내 집으로 말야. 아마 이 낯선 도시에서 살아나가야 할 아내가 굉장히 좋아할 것 같아서 그래요. 단숨에 말을 마친 그가 입술을 둥글게 하고 눈을 크게 끔벅여 보인다. 이것이 무슨 말인지, 나는 이내 알아차린다. 이제 그는 이곳에서 더 이상 혼자가 아닌 거다. 축하드려요, 그동안 그리 애를 쓰시더니, 결국 마련 하셨군요! 그가 쑥스럽다는 듯 하하 웃으며 머리를 긁적인다. 아주 작은 집인걸. 어쨌든 설피 불러내려 고생시키긴 싫었지. 기다려달라는 소리를 안 해도 떨어져서 견뎌준 그 사람이 고마울 따름이에요.

그래요, 이곳은 토끼꼬리이긴 하지만 해가 뜨는 동쪽이죠. 게다가 함께라면 무엇이든 시작하기에 무리가 없는 곳이에요.

당신만큼이나 민감하더군요, 임신 테스트. 사용방법이야 간편했어요. 약국에서 구입해오기까지가 쉽지 않았지만 병원 갈 용기의 십분의 일쯤이면 충분했어요. 내 안에서 여과되어 나온 액체는 나만큼이나 뿌옇게 질려있었어요. 딱 한 방울의 제수(祭需)로 치러지는 깔끔한 의례의 결과가 선명한 보랏빛 선으로 나타났을 때 나는 그만 욕실 바닥에 주저앉고 말았지요. 거기 그냥 주저앉아 생각해도 고향을 떠나와 있는 당신에게 선뜻 알려서는 안 될 것만 같았어요. 아직 낯선 곳을 서성이고 있는 당신이니까. 일상을 누리기에 안성맞춤인 목소리로 당신이 나를 불렀을 때, 나는 당황해서 보랏빛 선을 완전히 지우지 못한 채 뛰어나갔던가요. 휘파람을 불며 욕실로 들어갔던 당신이 ─이내 휘파람 소리는 그쳤고─ 푸른빛이 감돌만큼 말끔히 면도된 얼굴로 나왔을 때 나는 아무것도 눈치 채지 못했죠. 당신의 그 수많은 감정의 그늘 속에 숨겨져 있었던 말들─내 다 알았노라─을 그땐 정말이지 하나도 들을 수가 없었어요. 그래서 지금껏 나 혼자만의 비밀이라고 여겨 왔죠. 지금 당신은 내가 잃은 토끼꼬리를 찾아가진 듯, 바로 거기에서 낚시를 하고 계세요.

시침과 분침의 만남, 어느새 자정이 지나버렸다. 이제 탁상시계의 시침과 분침은 여유롭게 브이(V)를 그려 보이고 있다. 그들은 떨어져 있는 데에 익숙하다. 재깍거리는 숨소리도 언제나 고르다. 순식간에 새 날을 분만했는데 고통이나 환희의 기색이라곤 찾아볼 수 없다. 새 날의 잉태와 분만이 미처 인식하지도 못한 순간이기에, 워낙 순간에 일어나는 일이기에 그러한 건지 모른다. 그들의 무책임한 순간이 분만한 새날이 하얗게 밝아올 때까지 어둠과 고통은 누구의 몫인가.

창을 연다. 자정이 사십 분이나 지난 시각에 내가 창을 연다. 그러기 위해 나는 창을 힘껏 민다. 밀다니, 쓸데없이 버릇이 되어버린 짓이다. 미닫이창을 열 때마다 나는 창유리를 창틀 한가운데를 힘껏 밀어본다. 창을 연다는 것은 이쪽 공간과의 미련 없는 이별이어야 하며, 낯익은 공기와 온도 그리고 냄새들과의 헤어짐을 각오한 것이어야 하기에. 한꺼번에 찾아드는 낯선 공기와 바람, 그리고 냄새들을 만끽하다가 멀리서 나는 오토바이 엔진 소리를 들은 듯하다. 이제 창을 닫을 때에는 열려진 문짝을 이쪽으로 강하게 끌어당기고 싶다. 밀어내었던 것들 중의 일부가 잽싸게 내 안으로 뛰어들어 제자리를 잡을 수 있도록 말이다. 오토바이 엔진 소리는 한길로 나있는 내 방 창문 아래서 멈춘다. 선생님! 제가 마이 늦었지예, 허둥거리다가 백미러를 어데 부딪혔는지, 마 저래 깨져 버렸어예. 선생님, 어서

타세요. 그라고 저를 꼭 붙잡아야 합니데이.

　엎어져 있던 내 오만가지 상(像) 중 어느 것 하나가 몸을 일으킨다. 깨진 미러 속에 정하의 몸을 단단히 붙잡은 내가 미소 짓고 있다. 이제 달린다, 지금 여기는 어디쯤인가. 나는 순간을 살고 있다. 우리는 낯선 것에 익숙하지 못한 인간이다. 당신과 나는 만나야 한다.

미포 끝집

바다가 푸른 이유는
파도가 부딪히는 대로
멍이 들기 때문이다.

미포
끝집

바다는 형제의 집을 찾은 것처럼 반가웠고 해는 눈부셨다.

그녀가 미포 끝집에 자리 잡고 앉았을 때, 오랫동안 하이힐 속에 가둬두었던 발을 운동화 속에 집어넣은 느낌이었다. 다음날, 또 그 다음날도 아침 해가 어둠의 문을 열고 성큼 들어섰다. 동쪽 끝에 자리 잡은 C호텔 정수리를 밟고 섰다가 하늘을 받들고 있는 신전의 기둥 같은 광안대교 아치문을 통과해서, 푸른 카펫에 빛의 발을 디뎠다. 햇살이 딛는 대로 카펫은 전율하듯 물결쳤고, 흰 갈매기가 그 빛을 호위하며 전도(傳導)했다.

최초의 이웃이 그녀에게 서명을 요구해왔다. 해운대를 중심으로 동쪽에서부터 서쪽 끝까지 균등한 개발을 촉구하는 그 목소리들 때문에 심신의 안식이 달아나는 순간이었다. 그녀는 대꾸 없이 미포 끝집 창을 통해 사람 너머 바다를 보고 수평선을 보고 하늘도 보았다. 그리고 오후 네 시에 걸려 있는 해를 올려다보며, 눈이 부신 듯 상을 약간 찡그렸다.

그 눈부심은 동쪽 하늘의 크고 어두운 구름에 아랑곳하지 않은 채 이쪽 바다를 향해 세례와 같은 빛을 내리고 있었다. 바다는 금사와 은사로 물결을 직조하며 조물주가 벗어두고 간 듯한 푸른 가운을 조용히 손질하고 있었다. 마침내 목소리들이 해풍에 흩어졌고 파도에 녹아들었다. 그녀는 서명하지 않았다.

달맞이 62번 길에서 미포 항까지, 그녀는 늘 작은 배가 바다로 미끄러지듯 걸었다. 내리막길 끝은 지평선인지 수평선인지 가시적으로 모호했다.

배가 되지 않는다면 그녀가 바닷물을 가르지 않는 이상 토박이들처럼 미포 끝집에 무사히 닿지 못할 것만 같았다. 첫 집, 둘째 집 사람들은 주름진 얼굴로 여유롭게 말한다. 우리는 벗은 몸으로 바다에 뛰어들듯 그렇게 미포에 정착했어.

해마다 여름철이면 한두 번 바닷물이 미포를 넘봤지만, 사람들은 이제 재난에 익숙해져 있다. 주말과 휴가를 보내기 위해 아낌없이 미포를 찾는 외지인들은 어쩌면 조그만 어항(漁港)에 자연산 횟감처럼 넘치는 그 여유와 안정을 즐기고 가는 것인지 모를 일이다.

그녀는 자주 미포 끝집 창을 활짝 열고 앉아, 소금기에 눈이 아리도록 바다를 바라보았다. 어둠을 헤치며 나갔던 빈 고깃배들이 만선의 아침빛을 담고 돌아오듯, 62번 길을 걸어 끝집의 그녀에게로 누군가 돌아왔으면. 물고기처럼 눈을 뜬 채, 그녀는 그렇게 무색 꿈을 꾸었다.

사람은 사소함으로 이뤄진 쓸쓸한 무늬 같은 것을 가진다.

금요일 열여덟 시, 술을 마시기엔 이른 시각인데 남자는 미포 끝집 문을 열고 들어서는 대로 망설임 없이 우측 제일 안쪽 테이블에 앉았다. 흰 면바지 호주머니에서 습관처럼 손수건을 꺼내 젖은 은발이 가렸던 석고상 같은 이마를 슥 문지르고, 카키와 베이지의 체크무늬 남방셔츠 소매를 걷어 올렸다. 그리고 그녀와 눈이 마주치자 물을 한 잔 부탁했고, 부드럽게 웃으며 사장님은 어디 갔냐고 물었다.

언니 대신 당분간 제가 해요. 그녀가 테이블 위에 잔을 내려놓으며 대답했다. 그의 은테 안경 속에서, 쌍꺼풀은 없지만 큰 눈이 좀 더 커졌다. 아니, 이 사람이!

거기엔 단골한테 통보 한마디 없이 무기한 가게를 비운 주인장에 대한 서운함과 무슨 좋지 않은 일이 있는 것은 아닌지와 같은 걱정이 담겨 있었다. 그녀로부터 사정을 간단히 설명 듣는 동안, 그는 맥주 두 병과 약간의 멸치 그리고 땅콩을 주문해서 비웠다. 극구 손사래를 치며, 술은 직접 따랐다.

좋은 말동무를 당분간 잃게 되는군요. 하지만 제가 동백에서 미포까지 걷기 운동 끝에 마시는 이 집 맥주 맛은 여전히 끝내줍니다.

열아홉 시쯤 다른 테이블에 네 명의 손님이 들어와 앉자, 남자는 지갑을 꺼내며 일어섰다. 그녀는 자신의 최초 손님이자 미포 끝집 단골인 것 같은 그를 서운하게 보내고 싶지 않은 심정으로 빨리 말했다.

　제가 말동무, 언니만큼 잘할 수 있어요. 그리고 그녀는 긴 목을 꺾어 약간 고개를 숙였다. 남자의 눈이 안경 속에서 다시 잠깐 커지더니, 얼굴보다 하얀 이가 다 드러나도록 웃었다. 하하하, 그럽시다. 목 축였으니 밥 먹으러 갑니다. 그는 매주 수요일과 금요일 열여덟 시에 가게에 들렀고, 간단한 마른안주에 맥주 두 병 혹은 싱싱한 해산물에 소주 한 병을 최초처럼 비우고 갔다.

　낯이 익는 대로 그를 향한 그녀의 말수가 많아졌고 더 있다 가셔요 하면, 마치 주부처럼 남자가 이렇게 대답했다. 아들이 올 시각이라 저녁 식사 준비하러 갑니다.

　그녀는 받은 명함에 적힌 대로 공 교수의 전화번호를 스마트폰에 담았다. 그리고 짬나는 대로 그와 카카오톡으로 말벗했다.

　일요일 아침에 미포항으로 고깃배가 들어오면 순식간에 작은 시장이 선다. 미포 사람들은 대부분 어부와 기분 좋게 흥정했고, 수족관을 다 채우고 남은 해산물을 그 시간만큼은 싸게 팔았다. 주방 아주머니가 장바구니와 쇼핑카트를 채우는 동안 그녀는 살아서 파닥이는 기분으로 시장을 산책했다.

　그날 선 시장이 유난히 활기찼던 이유는 미포가 재난영화 촬영지로 선정되었다는 소식 때문이었다. 어떤 사람들은 달맞이고개에서 바다를 내려다보는 또 다른 사람들의 전망을 위해서, 미포에는 6층 이상의 건물을 지을 수 없다는 방침에 분노했다. 그러나 그녀에게 서명을 요청했던 최초의 이웃은 이제 속보를 전하면서 가장 큰 소리로 떠들며 웃었다. 약속은 지켜지지 않았지만, 외진 미포항에 적절한 대책이 마련된 자리였고 위로와 희망이 파도처럼 사람들을 넘나들었다. 그 속에서 미포 끝집 단골인 공 교수와 눈이 마주쳤을 때 그녀는 몹시 반가웠다. 그는 장보기에 익숙한 주부처럼 오른쪽 팔에 장바구니를 끼고 왼쪽 손으로 사람들을 헤치며 걸어 나왔다. 걸어 올린 셔츠 소매 끝이 젖어있었다.

문어 사러 나왔습니다, 작은 놈이 문어숙회를 좋아하는 게 여간 아니라서. 하하하!

그녀가 공 교수의 옆자리를 눈으로 더듬자, 눈치만큼 빠른 속도로 그가 덧붙였다.

홀아비살림 일 년이 훨씬 넘었습니다. 아들 녀석은 밤 산책을 금지시켰더니 아침 산책한다고 나가더니 소식이 없네요, 아마 커피 점에 앉아 속이 쓰리도록 에스프레소를 홀짝이고 있을 겁니다. 하하하!

 # 바다가 푸른 이유는 파도가 부딪히는 대로 멍이 들기 때문이다.

지난밤엔 노랫소리가 들리지 않았다. 거의 매일, 산책하는 걸음걸이처럼 나직하고 규칙적으로 이어지던 소년의 음성은 파도소리에 호흡을 맞추는 듯했다. 그것은 길 위에서 나그네가 절감하는 향수 같았고 빛을 기다리는 어둠 속의 바위섬을 떠올리게 했다. 그녀는 침대에 누워서 숨을 죽이고 소리를 기다리며 생각했다. 혹시 미포 끝집 근처에서 노래하는 소년을 만나게 되면, 누군가는 밤마다 너의 노랫소리를 듣고 싶어 하는 이가 있다는 것을 꼭 알려줘야지.

그녀가 그만 눈꺼풀의 커튼을 풀어 내리려는 찰라 스마트폰 창에 공 교수의 카카오톡 메시지가 섬광처럼 번쩍였다. 안아주십시오!

왜 몰랐을까, 그답지 않아 낯설었던 그 한마디가 어둠을 몰아내기 직전 형광등의 일이 초 몸부림보다 더 간절한 조바심 같은 것이었음을.

누구를요? 공 교수님, 편히 주무세요!

그리고 그녀는 피곤을 끌어안은 채 잠 속으로 침몰해버렸고, 그는 고립되었다. 파도타기 선수처럼 삶의 바람과 물살을 능숙하게 타거나 뛰어넘던 사람이 불현 재난을 당한 형국이었지만 그녀도 세상도 속수무책이었다. 공 교수의 재난이란, 살아가는 이라면 누구나 그럴 수 있듯 처음은 아니었다. 그러나 너무나 가까이에서 본인이 가장 잘 예측할 수 있었던 것이기에 충분히 대비해야 했다. 사실 잘 대비하기엔 의사(醫師)가 매번 이렇게 완고했다. 환자의 입원 의사(意思) 없이 우리는 절대 받을 수 없습니다.

한 주의 수요일과 금요일을 모두 건너뛰고, 새 주의 금요일이 되어서야 공 교수가 미포 끝집 미닫이문을 열었다. 석양을 정면으로 받아내며 서있는 그의 젖은 은발이 해풍에 수기(手旗)처럼 나부꼈다.

그동안 잘 지내셨습니까. 변함없이 밝은 그의 음성은, 아침에 두꺼운 커튼을 열어젖히는 세수한 얼굴 같았다. 그때 그녀는 어두워지기 직전에 불사르듯 번지는 노을빛을 정수리 가득 받으면서 작은아이의 사진을 들여다보고 있었다. 언젠가 후원회의 주선으로 그녀가 만나게 될 그 애, 아그라는 인도의 낡은 고아원에 살고 있다. 아그라는 틈만 나면 땅바닥에 백묵으로 '여자 사람'을 크게 그린다. 완성하면 아그라는 신을 벗고 그림 한가운데로 들어가서 잔뜩 웅크렸다가 잠이 들기 일쑤다. 사진 속에 그려져 있는 '여자 사람'은 작은 아이의 기억대로 스카프를 둘렀고 미소 짓고 있다. 크기가 다른 한쪽 발에는 화가의 낙관 대신 아그라의 서툰 글씨가 또박또박 적혀 있다. 안아주세요!

　　그녀가 인도 지진 소식에 놀라 스마트폰으로 아그라의 안부를 물었던 어느 여름 날, 후원회에서는 작은 아이를 품고 있는 여자 그림과 서툰 글씨를 사진으로 찍어 전송해 왔다. 아그라가 살고 있는 고아원 마당은 천재지변이 비켜갔다. 그렇지만 그 그림과 글씨로 흔들리기 일쑤였다.

　　이 기다림이 기약 없는 것이기에 차라리 다행이에요, 저는 후원을 한 해 더 연장하겠습니다. 그녀는 후원금과 함께 인도 고아원으로 그렇게 회신했다. 그리고 자신이 사진 속 '여자 사람'이 되어 아그라와 글씨를 품고 다녔다. 그럴 수 없을 만큼 자신이 가난하지 않아 퍽 다행이었다.

만약 약속했던 일 년이 아그라와의 것이라면 어느 날 문득 재난을 당하지 않는 이상 나는 너를 만나러 가야 한다, 약속이란 그런 것이기에 지켜지지 않을 경우 분노나 원망쯤은 각오해야 하며 어떤 식으로든 책임이 뒤따르는 것. 그녀는 그렇게 생각했고, 사진 속의 '여자사람'이 더 이상 품을 수 없을 만큼 작은 아이가 빨리 성장하길 소원하며 기도했다.

그녀가 사진을 접으며 일어서자, 공 교수가 머뭇거리며 다가왔다. 테가 바뀐 새 안경이 어색한 지 연신 고쳐 쓰면서, 그동안 잘 지내셨습니까 하고 다시 물었다. 그러나 카카오톡으로 요청 받았던 그의 SOS에 응답하지 못했던 것이 마음에 걸려, 그녀의 대답은 더뎠다. 예.

그리고 약 열흘 간 안대 속 어두운 세상에 갇혀 있었을 공 교수의 왼쪽 눈을 그녀는 맑은 두 눈으로 자꾸 쓰다듬었다. 아직 푸르스름한 기를 머금은 채 부어 있는 그 눈자위를 오른쪽 손으로 어루만지고 싶은 본능을 누르며, 그녀는 잔에 물을 따랐다.

미포 끝집에 며칠 공 교수의 모습이 보이지 않자 그녀는 생뚱맞았던 안아주십시오를 기억해 냈고, 지난 수요일 밤에야 카페 문을 닫는 대로 안부를 물었다. 그의 카카오톡 답신은 좀 늦었지만 명확했다.

저, 작은아들한테 머리를 열 대가 넘게 주먹으로 맞았습니다. 그중 한 대를 잘못 맞아서 왼쪽 눈을 좀 다쳤습니다. 하지만 지금은 괜찮습니다.

생의 지평에서 바라보면 일몰과 일출은 다르지 않다.

그녀는 이번 주 금요일 열여덟 시엔 친구와 같이 한잔하러 오겠다는 공 교수의 카카오톡 메시지를 한참 바라보다가 장바구니를 집어 들었다. 술을 팔긴 하지만 카페와 다름없는 미포 끝집 안주 메뉴와 상관없는 식재료를 이것저것 구입했다. 그러나 실제 주방 아주머니 눈치를 보며 그녀가 다급히 만들어 낼 수 있는 것은 유부초밥과 감자샐러드 두루치기 정도가 전부였다.

요리를 마치고 환기를 위해 창을 활짝 열었을 때, 그녀는 석양이 오렌지를 깨물며 미소 짓는다고 생각했다. 해풍 속에서 오렌지 향이 풍겨오는 것 같아 코를 킁킁거리며 과일을 꺼내다 씻었다. 그녀가 무심히 고른 것은 멜론과 수밀도였다. 달고 물이 많은 것을 좋아하는 수호의 과일 취향대로였다. 하지만 그녀가 사와서 껍질을 다듬을 때마다 수호는 손사래를 쳤다, 처지에 호사스러워 차마 못 먹겠다. 두었다가 둥글고 눈물 많은 그대가 먹지.

공 교수는 미포 끝집 여섯 개의 테이블에 손님이 한 차례씩 다 거쳐 가도록 오지 않았다. 그녀는 윤기를 잃어가는 유부초밥과 갈라지는 감자샐러드와 식은 두루치기를 젖은 손으로 랩 포장했다. 그리고 마침내 스마트폰을 집어 들었을 때, 미닫이문이 열리며 남자 둘이 들어섰다.

약간의 취기로 다소 목소리가 커진 낯선 남자가 그녀를 향해 안녕

하고 인사했고, 공 교수가 남자의 어깨를 가볍게 치며 웃었다. 우리 맥주와 멸치 그리고 땅콩을 좀 넉넉히 주십시오!

그녀는 공 교수의 주문대로 테이블을 차리며 물었다. 다른 건, 뭐 더 필요하신 다른 건 없으세요?

다른 거 뭐, 찬물 한 잔씩 정도? 우리가 밥을 먹으면서 소주도 한 잔 하고, 그러다보니 좀 많이 늦었습니다.

예, 식사를 하셔서 다행이에요 하고 그녀가 돌아서는데 낯선 남자가 말했다.

다른 거 뭐 있는데? 아가씨 맛난 거면 가져와봐. 나는 술만 먹고 밥은 공 교수가 다 먹었지. 이놈은 학교 다닐 때나 지금이나 순 밥쟁이야. 야, 너 그러니 여즉 학교 다니며 밥 벌어먹지. 히히히!

그녀는 대꾸 없이 랩 속에 풀이 죽은 채 식어있는 음식들을 잠깐 데워서 내왔다.

아니, 이 사람이? 그녀를 향해 공 교수가 외쳤다. 거기엔 평소 메뉴에 식사가 될 만한 게 없으니 금방 밥만 먹고 오려했다는 변명과 예기치 않았던 성의에 대한 감사가 담겨 있었다. 그녀는 긴 목을 꺾어 약간 고개를 숙였고, 이내 다른 테이블의 주문을 받고 차렸다. 술잔과 접시를 비우는 동안 두 남자의 대화는 지루하지 않게 이어졌다.

요새도 많이 걷는다 나는, 다른 운동은 전혀 안 하지.

그래, 공 교수 너 또래들보다 몸이 좋다. 하기야 걷기운동이 노년기 활기찬 성생활에 최고라면서 히히히!

아니, 이 사람이. 홀아비한테 못하는 소리가 없구나. 하하하! 아, 그러고 보니 성기 장례식에 다녀왔다 나는. 자넨 안 보이더군.

휴, 그치가 작년부터 술도 담배도 금하더니, 실은 오래 몰래 앓아왔던 게야. 허영심 많은 지 애미를 꼭 닮은 딸년, 독일로 유학 보내고 뒤치다꺼리만 하다가 송장이 될 것이라고 내가 했던 말이 꼭 악담이 된 거 같아 나는 못 갔네. 부조만 보내고 그날 밤에 소주 몇 병 비웠지, 에잇.

자네 그만 농이라도 악담도 막말도 마시게. 어디로 어떻게 돌아갈지 알 수 없는 게 생이네. 지난해 이맘때쯤엔 말이야, 지금쯤이면 내 인생도 또 달라져 있을 거라 생각했어. 그래, 그런데 일 년 후에 작은 아들을 데려간다 했었지 네 전 처가? 새 인생 안정이 되는대로. 아닌가? 그때 일 년 후를 약속했지만 아직도 그럴 기미는 보이지 않네. 지키지 못할 약속이면 아이 앞에서 내뱉지도 말아야 했음을!

득호 그놈이 정신 줄 놓고 더 방황하겠군.

그들은 반주 없이 노래 부르는 사람들처럼 안주 없이 술만 마시는 침묵으로 대화를 마무리했다. 그리고 자정 직전에 일어섰다.

 # 삶은 사랑과 이별의 경계를 허물며 이어지는 것이다.

미포 끝집에 그녀가 자리 잡도록 앉힌 사람은 가영이었다. 커피

마시러 와.

이름부터 휘황찬란하게 들리는 해운대의 '팔레 드 시즈 콘도' 로비에 있다고 가영은 그녀를 불러냈다. 그렇게 반년 만에 만난 가영은 그녀를 보자마자 벌떡 일어서며 팔을 잡고 반겼다. 숱 많은 머리카락에 명품 선글라스를 띠처럼 꽂고 가슴을 절반쯤 드러낸 호피무늬 탱크 탑 차림으로 가영은 그녀를 화려하게 맞았다.

와, 카페가 잘 되나 봐, 언니. 미국 간 형부는 돌아왔어?

가영은 물어보지도 않고 카페 모카를 두 잔 주문한 후, 그녀의 인사말에 전혀 다른 대답을 했다. 방금 여기 콘도 9층 계약을 끝내고, 오스트리아인으로 세입자를 받았어. 골치가 좀 아팠지만 서로 간에 이해와 배려가 잘 돼서 정말 다행이야. 이런 게 바로 라이브 한 소통 아니겠니. 호호호. 이미 내 소유의 집이 여러 채라서 잘 안되면 다른 사람 명의라도 빌리려고 했는데, 그럴 필요도 없게 되었다, 아아, 그나저나 부동산 거래에도 이제 통역이 필요하구나. 시간 내서 어학원도 다녀야겠다.

그녀가 어리둥절해 하는 동안 가영은 휘핑크림을 스푼으로 떠먹으며 쉴 새 없이 떠들었고 혼자 웃었다.

얘, 집은 이제 내가 살기 위해서 필요한 공간이 아니야. 어딜 가든 잠깐 이 한 몸 뉘일 곳이 없을까. 그나저나 좋아서 죽고 못 사는 네 연인과는 결혼 날짜 잡았니?

아니, 라고 대답하며 커피 잔을 만지는 그녀에게 가영은 측은해

하는 눈빛을 던졌다.

애, 너 대학원 복학 위해 그냥 묻어 두고 있는 일 년치 등록금을 내게 투자 좀 해. 내가 그 돈을 열 배로 불려서 갚을게.

열 배?

그래, 열 배. 나는 내일 경기도 가평 전원주택 건설 현장으로 짐 싸서 가야 해. 완공과 분양 현장에 내가 있어야 하거든.

언니, 미포 끝집, 카페는 어쩌구.

그래, 미포 끝집. 처분해 버리고 싶지만 애, 형부랑 공동명의라서 연락 끊긴 그 인간이 돌아오기 전에는 혼자 어쩌지 못한다. 주방에 일하는 아주머니 한 분 있으니 홀은 네가 좀 맡아 줘. 어차피 너 휴학하고 변변한 직장도 못 구한 상태잖아? 수호 씨가 결혼 날짜라도 잡자 하면 그땐……, 그때 가서 나랑 다시 이야기하고. 설마 두 학기 등록금으로 시집가서 잘 먹고 잘 살 생각은 아니겠지. 솔직히 내가 그 돈 열 배로 불려주면 네가 결혼 따위 아쉽겠니?

그녀는 오른손으로 다시 진주 목걸이를 만지며 아쉬워서 하는 게 결혼이 아니야, 라고 말하고 싶었지만 이미 요란한 길 위에 서있는 가영에게는 들리지 않을 것 같아 그만뒀다. 그리고 등대를 꼭 닮은 카페 건물, 미포 끝집에 당분간 외갈매기처럼 머무르기로 했다.

커피향이 초코 맛에 묻혀버린 모카 잔을 기울이며, 그녀는 또 다른 기다림을 예감했다. 언제 돌아올 건데, 언니.

but this I know for certain, that you'll come back again and even as I promised, you'll find me waiting then

가영은 대답 대신 그녀에게 명함 한 장과 계좌번호를 건네주었다. 그리고 흘러나오는 노랫소리에 귀를 기울이는 듯 잠시 눈을 감고 앉아있었다. 그러나 이내 선글라스를 내리쓰며 가영은 찬란하게 일어섰다.

이후 그녀는 미포 끝집이 서쪽이라 다행이라는 생각을 내내 하며 지냈다.

욕망은 근원적으로 따뜻하고 슬프다.

수호가 그녀에게 건넨 이별은 섹스 중에 울리는 전화벨 소리만큼 느닷없고 아쉬운 것이었다. 팔을 뻗어 번호를 확인하자마자 그는 몸을 포갠 채 휴대전화를 받았지만, 이내 식었다. 아버지, 언제까지 리튬의 양을 조절해 주는 여생을 사실 건가요. 그는 평소처럼 낮은 목소리로 말했지만 거기엔 분노와 절망이 묻어 있었다. 몸을 돌려서 드러누운 채 통화를 이어가는 수호의 페니스를 그녀가 따듯한 손바닥으로 감쌌지만, 수호는 그녀를 밀어내며 몸을 일으켰다.

그가 아버지와 가끔 통화할 때마다 그녀는 철저히 이방인이 되었다. 부모 형제에 대한 이야기를 들려주는 경우가 없어, 나와의 구체적인 미래 따위는 계획에 없을지도 모른다는 생각이 그녀를 외롭고 힘들게 했다.

통화 내용 속에서 수호에게 정년퇴직을 앞둔 아버지와 앓고 있는 남동생이 있다는 사실을 짐작만 하며 그녀는 가만히 그의 이야기를 기다렸다. 잠자리에서 조바심이 그를 빨리 사정해 버리고 돌아가게 하듯, 그렇게 수호를 짧은 순간에 문득 잃을까 그녀는 내심 두려웠다.

졸업 작품과 논문을 마무리해 가는 그의 현재 상황에 보조를 맞추는 것이 최선이라 생각하며, 그녀는 다니던 학교를 수호가 모르게 휴학했다. 그리고 기회가 주어지는 대로 돈을 벌어 모았다. 어쩌면 가영이 비아냥거렸듯 정치를 할 것도 아니면서 정치외교학과를 줄 기차게 왜 다니느냐가 맞는 말일지도 모른다고 자위하면서.

그녀는 허물처럼 벗겨졌던 나이트가운을 찾아 입고 욕실에서 이어지는 통화내용에 귀를 기울였다. 그것은 참았던 오줌을 눌 때처럼 끊겼다 이어지기를 반복하는 것이라, 실제 그리 길지 않은 시간이었음에도 불구하고 요의를 느끼며 그를 기다려야 했다.

수호의 음성은 그 어느 때보다 단호했다. 아버지가 결단을 내리세요 이제. 입원하겠다는 마음이 들 때까지 기다리는 것보다 그 편이 빠르다니까요, 법은 약한 사람을 위해 존재하는 게 마땅합니다! 예, 하지만 이제 아버지가 약자라는 것을 왜 인정 안하십니까.

그녀는 거기까지 듣다가 커피포트를 불에 올렸다. 이후 그가 한정치산자라는 법적 용어를 몇 번 언급했지만, 앞서 들었던 리튬만큼이나 그녀의 일상과는 거리가 먼 용어였다.

침대로 돌아온 수호가 끄트머리에 걸터앉은 채 중얼거렸다. 그대가 들여다보는 정치와 내가 들여다보는 문학이 참 다르면서도 비슷하기는 해. 특히 불만과 슬픔에 대한 입장이 그러하다네. 그런데, 단 한 사람을 위해서 아무것도 약속할 수 없는 내가 그대를 취하는 것이 과연 온당한가.

수호가 돌아간 뒤 그녀는 습관처럼 목걸이 줄에 달린 진주알을 만지작거리며 포트 속 커피 물을 다시 끓였다. 진주를 그녀의 목에 걸어주던 날 그가 말했다.

이제 이것의 모패(母貝)는 그대네.

왜 하필 진주죠? 이건 가끔 슬퍼 보여요.

슬퍼 보일 수 있어. 어머니의 마음으로 품고 인내해서 만들어낸 유기물이니까. 하지만 나는, 차가운 다이아몬드보다 따뜻한 진주가 더 매혹적이네. 이제 그대 목에 걸린 진주처럼 나는 일 년 후엔 그대에게로 영원히 돌아오고 싶다.

그날 그녀는 오랫동안 교제해 온 수호를 비로소 온몸으로 품었다. 그리고 그녀의 좁은 품을 파고들어 동그랗게 몸을 말고 태아처럼 잠든 수호를 오래오래 쓰다듬었다. 그날의 기억은 그녀에게 진주알을 만지는 습관으로 일 년이 넘도록 이어졌다. 그러나 정치와 문학을 들먹였던 날 이후, 수호는 그녀와 연락을 하지도 받지도 않는다.

사람은 아름답고 부지런히 썩어가기도 한다.

세미나 일정을 모두 마치고, 사흘 만에 아파트 대문을 열자마자 수호는 아버지, 하고 불렀다. 공 교수가 일어서 맞으며 잘 하고 왔느냐, 하는데, 아무래도 왼쪽 눈이 불편해 보였다. 시력까지 달라지셨나, 문갑 위에 놓인 안경테도 바뀌었다. 그는 넥타이부터 당겨 풀며 대답했다. 예, 득호는 안 보이네요?

지 엄마가 꼭 오라 해서 서울 갔다.

왜요?

왜라니.

아버지, 득호 문제 의논드리러 간다 했을 때 어머니가 제게 절대 오지 말라고 했습니다. 다시 이혼할 계획이고, 당분간 우리 얼굴 볼 여유가 없다 했어요.

다시 이혼한다는 이유가 뭔데.

새 남자가 손찌검을 심하게 하나 보더군요. 하긴 어머니 낭비벽을 당해낼 재간이 누가 있겠습니까. 그런데, 나는 오지 말라 해놓고 득호한테 꼭 오라고 따로 말씀하신 이유가 뭘까요.

공 교수는 형광등을 등지고 서있는 수호의 늠름한 그림자 속에서 천천히 일어서서 불이 꺼진 베란다로 나갔다.

서울에서 또 하나의 학위를 따기 위해 하숙생처럼 집을 드나드는 저 형을, 득호는 피해 다녔다. 말보로 담배와 에스프레소 커피를 선호할 때, 신발 뒤축을 구겨 신을 때, 어머니를 보고 싶어 할 때 형은 득호에게 철들 줄 모른다고 호통 쳤다. 주식을 하다 들켰을 때, 카드 빚으로 숨어있었을 때 형은 득호에게 어머니와 같으니 집을 나가라 했다.

매사 똑 부러지고 당당한 형의 그림자가 무서워, 득호는 자주 불 꺼진 베란다에 혼자 서서 검은 바다를 내려다보며 한숨 쉬었다. 마침내 해가 솟으면 그림자에게 제 자리를 내어주고 득호는 사라졌다.

리튬을 일정량 복용하고 나면 담배를 문 채, 밤마다 여기 그림자처럼 서있던 공 교수의 작은 아들이 기다린 것은 천연의 빛이었을까.

득호는 빛도 어둠도 없을 것만 같은 세상에서 서너 시간 잠자다 깨어나면, 문득 꿈결처럼 말했다. 아버지, 백사장에 만드는 해송의 그림자마저 창조주는 빛이네요. 책임감이 크겠어요. 저는 그냥 노래하고 싶어요. 떠났던 이를 돌아오게 하는 노래도 좋고 떠나고 싶은 이를 머물게 하는 노래면 더 좋고요. 사실 저는 지금도 노래하고 있는데, 아무도 들어주지 않아요. 만약 누구든 제 노래를 기다린다면 세상 끝까지 가서 노래할 거예요. 아버지, 밤바다 파도소리가 박수 같아요. 멈추지 말고 또 해봐, 잘할 수 있으니까 불러 봐! 바다는 잔소리치고 용기를 줘요.

형제의 어머니는 공 교수의 아내로 만족하지 않았다. 그 여자의 몸은 쇼핑하듯 남자를 노래했다. 밤낮으로 제 노랫소리에 가쁜 숨을 헐떡이는 그 여자에게 공 교수와 형제의 소리는 들리지 않았다. 그

여자는 귀가 먹은 채 노래를 부르며 일어섰고, 마침내 목이 쉬어버린 공 교수는 붙잡지 않았다.

먹먹해지는 심정을 다스리며 공 교수는 스마트폰 카카오톡 창을 열었다.

아들아, 아직 안 자고 있겠지. 언제 올 거니?

아버지, 어머니가 매 맞을지도 몰라요.

아들아, 매를 맞은 사람은 아버지가 아니었니.

아버지, 내가 때린 건 그 남자예요.

알았다 아들아, 필요한 건 없니?

아버지, 돈 좀 부쳐 주세요.

아들아, 그만 집으로 와야지.

아버지, 어머니가 계신 곳이 집이예요. 그리고 어머니가 다시 일 년만 더 기다려 달래요.

그래 아들아, 기약하고 오너라. 지금 즐겁고 평안하니?

아니오 아버지, 지금 저는 어머니를 때리는 남자를 지키고 있어요.

아들아, 돌아와서 나를 지켜다오.

아버지, 어머니가 지금 여기 없어요.

아들아, 아버지가 지금 여기 있다. 걱정 말고 편히 쉬어라.

 # 다시 밤이 깃든 바다, 등대에 불이 켜진다.

그녀의 스마트폰에 카카오톡 메시지가 뜬다. 돌아오는 금요일 저녁 여덟 시, 내가 테이블 하나 예약 좀 합시다. 쑥스럽지만 내 생일입니다.

미리 축하드려요, 공 교수님.

하하하, 감사합니다. 아들 녀석들이 올 텐데, 거기가 제일 가깝고 마음 편해서.

그때까지 작은 아드님이 돌아올까요.

올 겁니다. 나는 지난달에 득호가 잘못 알고 사온 생일 케이크를 미리 먹었죠. 하하하. 그리고 정확한 날짜를 일러줬는데 헛갈려서 또 사온 거예요. 환불해 오라고 야단치고 상기 시켰으니 반드시 그날에 올 겁니다.

손님들이 모두 돌아간 미포 끝집, 우측 제일 안쪽 테이블에 그녀가 오도카니 앉아있다. 조명 때문에 색이 더 짙어 보이는 붉은 명주 스카프가 둥근 어깨를 타고 내려 바닥에 떨어지는 것도 모른 채, 습관처럼 진주알을 만지며 스마트폰을 들여다보고 있는 중이다.

마침내 당신이 이해하게 될 것은……, 그녀는 긴 목을 꺾어 고개를 숙이며 적던 일기를 마무리 한다.

금요일 아침에 그녀는 생일선물 대신 소고기를 한 근 살 것이다. 작은 아들이 좋아하는 문어를 구하기 위해 은발을 수기처럼 흩날리며 이른 아침 미포 항에 서있던 공 교수를 위하여. 그리고 금요일 저녁 스무 시, 미포 끝집에 예약 손님들이 닿는 그 시각에 그녀는 이쪽 불을 완전히 끌 것이다.

그것은 상대적으로 환한 저 편의 모든 것을 잘 보고 싶은 욕심일 수 있고, 손님들의 만찬을 방해 하고 싶지 않은 배려일 수 있다. 잊어버리지만 않는다면, 밝은 곳에서 어두운 쪽은 잘 보이지 않는다는 것을 그녀가 알듯 누구나 안다.

그녀는 이제 미포 끝집 전등을 전부 끄고, 오늘도 들리지 않는 노랫소리 대신 밤바다 파도소리를 듣고 누워있다.

아버지여, 내가 하늘과 아버지께 죄를 얻었사오니 지금부터는 아버지의 아들이라 일컬음을 감당치 못하겠나이다.

아버지는 종들에게 이르되 제일 좋은 옷을 내어다가 입히고 손에 가락지를 끼우고 발에 신을 신기라.

이것은 그녀로 하여금 무색 꿈을 영원히 꿀 수 있게 하는, 태초의 말씀이기도 하다.

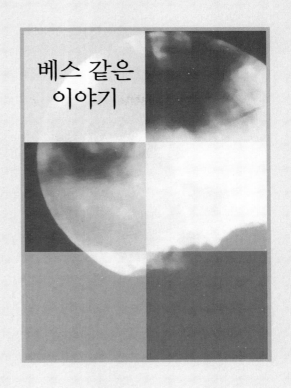

베스 같은 이야기

개는 밤나무 아래서 발견되었는데, 청테이프로 눈과 입이 봉해져 있었다.
양쪽 귀 역시 납작하게 접혀서 머리에 붙어있었다.
네 발은 한 쌍씩 유리스타킹에 묶인 채, 베스는 마치 동상처럼 세워져 있었다.

베스 같은 이야기

온 동네가 좀도둑으로 몸살을 앓던 해에, S는 우선 집 담장을 높이 쌓았다. 그리고 어느 날 베스를 무작정 집으로 데려왔다. 미리 알았다면 M이 결코 동의하지 않았을 것이다. S를 향해 M은 아무 말도 하지 않았지만, 저녁식탁을 차리는 대신 외출준비를 하기 시작했다.

마치 외도라도 해서 얻어온 자식 취급 하는군. S가 냉장고에서 우유를 꺼내며 그렇게 웅얼거렸지만 M은 대꾸 없이 신발을 찾아 신었다. S는 이 개가 도둑으로부터 집을 지켜줄 거라고 부르짖었지만 곧 현관문이 더 요란한 소리를 내며 닫혔다.

베스는 M의 발걸음소리가 사라진 뒤 한참동안, 목을 잔뜩 움츠린 채 오도카니 서있었다. 두 눈의 흰자위는 맑았고 입매가 단정했다. 나는 첫 눈에 개가 마음에 들었다. 사실 M의 히스테리는 베스만을 향한 것이 아니었다. S는 난전에 주저앉아서 시금치와 호박 등을 파는 노인들과 농지거리를 주고받기 일쑤였다. 그러다가 해가 뉘엿해지면, 난전에 남아있는 시든 채소들을 헐값에 몽땅 사서 귀가했다.

그의 손에 딸려온 것이 마늘 한 접이거나 당근 한 망태일 경우, M은 혼자 투덜거리며 밤새 마늘장아찌를 담그거나 매일 아침 당근 주스를 만들어야 했다. 그녀는 작지만 섬세한 손을 가져서 뭐든 솜씨 좋게 다듬는 편이었다. 그러니까 S의 습성에 관한 대책은 늘 M이 세워왔다. S에게 사전(事前)의 계획이란 없었으니 미연(未然)에 방지가 어려운 것이었고, 당연히 두 사람 사이에 자주 큰 소리가 오갔다. 하지만 그럴 때마다 내가 수습 차원에서 눈물을 흘리거나 꾀병을 앓았고, 그럭저럭 집은 평화로웠다.

베스가 오기 직전에 욕조 한가득 민들레가 핀 적이 있었는데, S가 귀갓길에 양손 가득 들고 온 채소 때문이었다. 그는 주방에 있는 M의 눈을 피해 욕조 가득 물을 받았고, 그것을 휙 던져두었다. 새벽에 오줌을 누러 욕실로 들어갔던 M이 밤새 꽃이 펴서 밭이 된 욕조를 발견하고 비명을 질렀지만 사태는 금방 수습되었다. 민들레 화초는 M의 손에 거두어져 찜통으로 들어갔고, S는 자신이 욕실을 꽃밭으로 만들었다고 흐뭇해 하였다. 우리는 각자의 방으로 흩어졌다. 다행스럽게도 우리의 식성은 마늘이나 당근, 민들레처럼 개를 요리해서 먹을 수 있는 취향이 아니었다. 베스는 마당에서 있어도 없는 듯 혼자 살았고, 밥은 먹다 남긴 것들을 내가 내다 줬다.

그날 베스를 집에 혼자 두는 게 아니었다. 하지만 우리가 집을 비운 시간은 주말 대낮이었고 각자 나름대로 피치 못할 사정이 있었다. S는 마라톤대회에 선수로 출전해서 강변을 달렸고, M은 탈모증세의 정기치유를 받기 위해서 클리닉에 누워있었다. 나는 오늘도 일자리를 알아보기 위해 외출한다고 그들에게 말했지만, 사실은 사귄지 얼마 되지 않는 여친(여자친구) 집에서 점심식사를 했다.

우리는 일자리를 구하고 있다는 점에서는 오랫동안 같은 처지였다. 마침 그 얘가 집에 혼자 있는 상태라서 우리는 아랫도리만 벗은 채 스릴 있게 섹스를 했다. 여친의 오르가즘 상태가 되풀이 되어도 집엔 아무도 돌아오지 않았고 나는 좀 대범해졌다. 황야의 무법자가 된 느낌으로 마구 사정했고 마침내 탈진한 상태로 귀소(歸巢)했다. 대문을 열며 습관적으로 베스를 불렀지만 기척이 없었다.

베스! 개는 밤나무 아래서 발견되었는데, 청테이프로 눈과 입이 봉해져 있었다. 양쪽 귀 역시 납작하게 접혀서 머리에 붙어있었다. 네 발은 한 쌍씩 유리스타킹에 묶인 채, 베스는 마치 동상처럼 세워져 있었다. 집에 도둑이 들었나? 나는 힘없던 다리가 더욱 후들거려서 베스 앞에 주저앉았다. 자초지종을 듣고 싶은 심정으로 다리를 풀어주고 청테이프를 떼어냈다. 개의 머리에서 뭉텅뭉텅 털이 뜯겨나왔다. 힘겹게나마 자유로워졌는데 베스가 이상했다. 귀를 축 늘어뜨리고 눈을 감고 서서 꼼짝 하지 않았다. 개는 아무 소리도 내지 않았다.

집 안에 도둑의 흔적은 없었다. S의 스위스제 손목시계와 M의 루이뷔통 가방도 무사했다. 어쩌면 도둑이 들었다가 그것들이 죄다 짝

퉁이란 걸 알아차리고 그냥 갔을 수도 있다.

　그날 밤 S는 집 담장을 더 높이 쌓아올렸고, M은 바보천치가 되어버린 개를 집 밖으로 내보냈다. 나는 두 사람이 잠들자 대문을 열고 한길로 나왔지만, 베스는 보이지 않았다. 유기견(遺棄犬) 한 마리가 하늘의 별을 올려다보며 서있었을 뿐이다. 그리고 새벽이 올 때까지, 누군가의 집 개 한 마리도 높은 담장 주변을 낯설고도 익숙하게 어슬렁거렸다.

바깥에서

내가 깨어있는 것이 아니다, 밤이 깨어있다. 나는 지금 죽어가는 기분으로
죽음에 대해 생각한다, 이대로 내가 완전히 죽을 수 있을까.
불가능해요, 왜냐하면 나도 지금 똑같은 기분으로 그것을 생각 중이니까.

바깥에서

그가 죽었다 아니 죽었다고 한다. 그렇다면 내가 들은 소식 같지만, 들은 것이 아니라 보고 알았다. Nomad의 죽음이 느닷없이 사진 한 장으로 창에 떴고 나는 그것을 손가락 하나로 순식간에 펼쳐 보았다. 목숨이 끊어지는 것도 이런 식이라면 죽음에 대한 두려움이 딱 손바닥만큼 일 수 있을까.

'그 누구'가 해변에 '밤바다'처럼 엎드려 있었다. 비명 소리는커녕 파도 소리도 들리지 않았지만 다시 사진 아래 뜨는 한 줄 글로, 엎드려 있는 그 누구는 Nomad가 되었고 다시 그는 시커멓고 고요한 밤바다를 연상케 했다.

"이놈이 잠든 채 석모도 해변으로 밀려왔다." Captain이 카카오톡으로 내게 보내온 이 사진과 메시지는 그만 접어도 샛노랗게 창틀에 걸렸다. 그것들로부터 빠져나가기 위해 다시 파란 창을 펼쳐야 하는데, 나는 엄두가 나지 않았다.

그가 잠든 채 파도처럼 밀려왔다는 석모도, 강화도 바깥의 그 섬을 나는 지난 해 유월에 다녀왔다. 병풍 같은 야산마다 지천으로 피어있는 흰 꽃은 밤꽃이라 했다. 짙은 꽃내는 끈끈하고 축축한 남자의 체액냄새와 흡사하다, 아찔했다. 향기가 코로 스미더니 자꾸 관자놀이를 찔러, 배에서 내리자마자 나는 가벼운 두통 증세를 보였다.

돌아보니 온통 조용한 바다였다. 강화도 외포리에서부터 우리가 탄 배를 줄기차게 따라오던 갈매기들은 사라지고 없었다. 그네들이 만들었던 하얀 다리도 순식간에 허물어져 버렸다. 나는 우리가 만들며 건너온 하얀 다리의 저쪽 끝을 눈으로나마 잡아보려고 발끝으로 서서 목을 길게 뽑았다. 그가 비틀거리는 내 손을 찾아 잡으며 말했다. 내가 자주 출사(出寫) 오는 곳이야, 작품 같은 이 섬에 너와 같이 오고 싶었어.

그러니까 석모도는 송두리째 Nomad가 페이스북(Facebook)에 소개 한 줄 없이 전시해왔던 사진 작품들의 대상이었다. 거기가 하얀 갈매기 다리도 닿지 않는 곳이라는 것을 누구보다 잘 알면서, 왜 하필 당신은 그 땅에 몸을 풀어 버렸나.

다시 내가 저 섬 바깥의 섬으로 간다는 것은 엎드려 있는 그 누구와 마주하는 일이고 잠든 그와 소통하는 일이다. 그것은 눈에 보이지 않던 하얀 다리처럼 아득하며, 이젠 잡을 수 없는 그의 손처럼 막막한 일이다. 그럼에도 불구하고, 나는 다시 거기에 갈 수 있을까.

어부가 건져 올린 것은 인형모양의 돌덩이 스물두 개였다. 실망한 어부가 돌덩이를 즉시 바다에 던져버리고 다시 그물을 쳤지만 역시 건져 올린 것은 돌덩이였으므로 다시 바다에 던졌지. 그날 밤 어부의 꿈에 한 노승이 나타나서 귀중한 것을 바다에 두 번씩이나 던져버렸다고 책망하면서 내일 또 돌덩이를 건지거든 명산에 잘 봉안해 줄 것을 당부했대. 다음날 스물두 개의 돌덩이를 건져 올린 어부는 노승이 일러준 대로 낙가산으로 옮겼는데, 이 석굴 부근에 이르렀을 때 갑자기 돌이 무거워져서 더 이상 앞으로 나아갈 수 없었대. 그래 '바로 여기가 영장(靈長)이구나' 하고 굴 안에 단을 모시게 되었어. 선덕여왕 때 있었던 일이야.

그때 Nomad는 보문사의 굴법당(石室法堂) 앞에서 전설 같은 역사를 이야기했다. 보문사는 석모도에 있는 그리 크지 않은 사찰이다. 그러나 배가 석모도 선착장에 닿았을 때, 주차장에는 절까지 왕복 운행되는 대형버스가 여섯 대나 서 있었다. 동해안의 낙산사, 남해의 보리암같이 이 절도 지리상의 특성 때문에 많은 불교도가 참배를 원했다. 불교도들은 바다를 끼고 있는 절에 참배를 하면 큰 영험을 볼 수 있다고 믿기 때문이었다. 보문사에서 잡일을 맡아 하는 어느 보살이 말하길, 하루에 촛불 폐기물이 세 포대, 공양미만 한 가마가 넘게 나온단다. 교도들의 불심(佛心)이 뭍에서 섬으로 거대한 다리를 놓고 있는 셈이다.

굴법당 앞에는 팔백 년 수령의 향나무가 번뇌에 싸인 괴로운 중생인 양 용틀임을 하고 있었다. 나는 굴속에 들어서자마자 걷어 올렸던 셔츠소매를 내리고 살그머니 그의 팔을 찾아 잡았다. 그러나 Nomad는 두 눈을 감고 손을 모은 채 어부가 건져 올린 돌덩이처럼 꿈쩍하지 않았다. 나는 굴 안에 단을 모신 어부를 찾듯, 절을 하고 있거나 꿇어앉아 있는 사람들을 둘러보았다. 그다음에 어부는 침묵 같은 돌덩이와 어둠을 밝혔을 것이다. 나는 석실을 비추고 있는 여러 자루의 큰 초로부터 불을 옮겨 향을 하나 태웠다. 그리고 나니 어부가 사라졌다. 사라진 어부를 찾으려 눈을 감았다. 석실 바깥의 둥그런 해변으로부터 노랫소리가 들려오는 듯했다. 거기서 어부의 후예들은 그물을 짜고 있었다. 그리고 고기를 낚으러 망망대해로 나갔다가, 그들은 또 다른 돌덩이를 건져 올려서 돌아올지 모른다.

석굴 뒤로 만들어진 돌계단을 오르며, 나는 마음속으로 그 수를 헤아렸다. 지금까지 침묵하던 Nomad가 입을 열었다. 백팔 번뇌라고 불상을 뵈러 올라가는 계단은 백여덟 개가 일반적인데 이곳은 유별나지? 그랬다. 그 끝을 가늠할 수 없을 만치 계단은 길게 이어졌다. 삼백 번째 번뇌를 밟고 서서 나는 물었다. 아직 멀었어요?

거의 다 왔어, 저기 위를 좀 봐. 그의 손가락이 가리키는 곳에 절벽 같은 바위산이 하늘을 가렸고, 마애석불좌상은 바위를 등에 업은 채 그곳에 갇혀 있었다. 석불은 손과 손이 힘을 합쳐 신들린 듯 돌벽에 새겼을 부조물(浮彫物)이었다. 마애는 그저 하염없이 서해를 굽어볼 뿐 고개를 돌려 다른 곳을 볼 수 없겠구나 싶었다. 그런 내 생각을 읽기라도 한 듯 그가 중얼거렸다. 마애석불은 앉은 자리에서 천

92

리를 보고 죽어서도 천년을 살았다. 듣고 보니 그것이 불교의 역사
와 중생의 해탈에 대한 상징물 같았다.

그의 종교가 불교였나, 나는 새삼 궁금했다. 머릿속에 Nomad의
페이스북 정보란을 떠올려서 펼쳤다.

생일: ·
성별: 남자
혈액형: B형
경력 및 학력: 인천 대학교 졸업
결혼/연애상태: 연애 중
정치관: ·
종교: ·
좋아하는 인용구: 삶은 당신이 머릿속으로는 다른 것을 생각하는 동
안에 일어나는 일이다.

이대로라면 그의 종교는 없거나 알 수 없는 것이 된다. 정보란은
우리가 처음 친구 맺기 한 순간과 내용이 동일하다. 딱 하나 업데이
트 된 것은 '결혼/연애상태: ·'에서 연애 중일 뿐. 그동안 우리는
페이스북이 제공하는 혹은 제공된 정보 이외에는 서로에 대해 궁금
해 하지 않아왔다. 우리의 만남은 접속 같은 순간의 연속이며, 페이
스북 세상에서 과거와 미래는 현재로부터 아득해지거나 현재 속에

서 더 생생하게 현존하기 때문이다.

가령 몇 해 전에 읽었던 까뮈의 「이방인」이나 언젠가 한 번쯤 마셔 보고 싶은 압생트 한 잔은 페이스북의 "지금 무슨 생각을 하고 계신 가요?"에 대한 충실한 응답이 되는 대로 우리의 지금을 함께 누리게 한다. 이런 마술 같은 세상은 카메라의 렌즈를 통해 보는 세상과 비교할 수 없다. 렌즈는 빛을 굴절하거나 차단하지만 페이스북은 어둠을 포함한 인식의 모든 것을 그리 한다.

인식과 더불어 의미 역시, 오직 지금이 누릴 수 있는 특권 같은 것이 된다. 이 세상을 Nomad는 '세상 바깥'이라 불렀고 사진과 단문(短文)을 도구 삼아 최선을 다해 살아간다. 그가 보기에 나도 마찬가지여서 닿은 '친구요청'에 내가 기꺼이 '친구수락' 하면서, 우리는 세상 바깥에서 만난 관계가 되었다.

이 상념들이 번뇌가 되기 전에, 바다로 돌아선 그가 내게 말했다. 저렇게 많은 섬이 한 바다 위에 떠 있어도 제각각 외로워 보이네. 그것이 나에게는 위로가 되고. 나는 Nomad의 정보란에서 볼 수 있는 가족이라고는 '아버지'라는 낱말 밖에 없음을 퍼뜩 떠올렸다. 살그머니 그의 팔을 다시 찾아 잡았지만, 그의 고개는 여전히 내가 아닌 바다를 향해 있었다. 그리고 섬과 섬 사이를 떠도는 바람처럼 가볍고 쓸쓸하게 Nomad는 말했다.

지금 살고 있는 곳은 오래전에 출가한 누나집이야. 어머니는 내가 일곱 살 때 우리 집을 나가 다른 집 사람이 되어버렸어. 지금도 고향

본가에 계시는 내 아버지의 직업은 의사야. 나는 아픈 사람을 돌보듯 어머니 없는 자식들을 키우며 살아온 아버지가 쭉 자랑스러웠다.

그러니까 Nomad의 가족은 가출한 어머니와 출가한 누나, 또 환자를 치료하는 아버지까지 적어도 세 사람이라는 말이다. 그가 지금 나와 한 동네에 살고 있다고 하지만 우리가 단 한 번도 우연히 마주친 적이 없는 것처럼, 그와 내가 페이스북 친구가 된 이후 한 번이라도 캐묻지 않는 이상 들을 수 없는 얘기였다. Nomad와 내가 만나서 살아가고 있는 세상 바깥은 아무 비밀이 존재하지 않는 것처럼 보이지만, 실은 무수한 비밀과 의혹의 사각지대인지 모른다. 누군가와 한 때 비밀이었던 것에 대하여 얘기를 나누면 무덤 속까지 함께 갈 수 있다고, 나는 믿고 싶었다.

잡고 있던 그의 팔을 쓸다가, 나는 손을 찾아 잡았다. Nomad의 손바닥은 축축하게 젖어있었다. 그가 다른 쪽 팔로 내 허리를 안고 키 큰 몸을 숙였다. 나는 품 안에 들어온 그의 숱 많은 머리카락을 가만히 쓸어주었다. Nomad는 내게 머리를 묻은 채 뜻 모를 소리를 중얼거렸다.

하지만, 누군가의 아들이 되는 것은 힘든 일이다…….

석모도의 일주도로를 따라 걷는 동안 왼편으로 넓은 어유정도(魚遊井島)가 펼쳐졌다. 간척지의 수로를 따라 흘러들어온 바닷물이 네모난 방마다 푸른 타일을 깔았다. 드문드문 세워져 있는 대형 선풍기의 힘을 빌지 않아도, 유월의 햇살과 바람으로 젖은 방을 말리기에 충분했다. 저 푸른 방이 흰 소금창고가 되는 건 시간문제였다.

오른편 언덕 아래로 펼쳐진 해수욕장은 여름 한 철 개장을 코앞에 두고 분주해 보였다. 수많은 비치파라솔이 몸을 접고 가지런히 누워 있었다. 저들이 뼈대와 살을 기지개 켜듯 펼치는 날, 섬은 바다 덕분에 외롭지 않다는 것을 실감할 것이다. 마침 바닷물이 수평선 근처로 끌려가 버린 때라서 해변은 고스란히 알몸이었다. 노인의 피부 같은 그 진회색 땅에 생물이 존재할 것 같지 않았다. 섬사람들이 긴 고무장화를 신은 모습으로 갯벌을 헤집었다. 아무 데나 헤집는 것이 아니라 조개 구멍을 찾아 호미 같은 연장으로 그곳을 판다고 했다. 그 말을 듣고 다시 보니, 땅에 어린아이의 새끼손가락을 폭 찔러 넣으면 꼭 맞을 만큼의 구멍이 수없이 많았다.

바닷물이 부재(不在)중인 땅이지만 그 속에 무언가 가쁜 숨으로 살아 있다. 섬사람들의 손에 들린 양철 바구니 안에 물기가 마르지 않은 비단조개들이 반짝거렸다. 그들 곁에 쪼그리고 앉아서 Nomad가 바구니 속에 손을 집어넣고 이를 드러내며 웃었다. 나는 스마트폰을 끄집어내서 그 모습을 사진 찍었다. 그리고 페이스북에 접속했다.

"지금 무슨 생각을 하고 계신가요?" 세상 바깥의 목소리에 대한 내 응답엔 언제나처럼 Captain이 제일 먼저 댓글 달았다. "사랑은 번개와 같은 건가, 옆에서 바로 때리네." 나의 지금이, 굳이 이렇게 세상 바깥에 전시하지 않아도 현재로부터 충분히 아득해지거나 그것보다 더 생생한 현실의 순간이라는 것을 만나본 적 없는 Captain

이 잘 아는 것만 같았다.

　페이스북 친구 중에는 Captain처럼 사진 전시를 자제하고 단문만 게시하는 사람도 많았다.

　이 세상 모든 것들을 당신이라는 시(詩)라 부르리라.
　그 누군가 시로 보이는 순간이 있다, 내 삶의 절정이다.

　이렇게 아무 이미지는 없지만 그 짧은 글만으로도 충분히 느낌이 좋아, 한 번쯤 만나보고 싶어지는 대상 중 한 사람이 Captain이었다.
　그날 우리는 최초의 밤을 함께 보냈다. 이 세상 어느 날 밤도 낮과 단절되어 있지 않다는 것까지는 생각 못 했다. 단 하루라도 너와 함께 살아보고 싶다. 서해가 노을빛에 붉어지다가 침묵 같은 어둠과 몸을 섞기 전에, Nomad는 내게 그렇게 말했다. 우리는 숙소를 정하자마자 길게 드러누웠다. 제대로 식사를 하기보다는 갓 내린 커피가 마시고 싶다며 입을 맞췄다. 종일 바닷바람에 노출되었던 각자의 입술은 짰지만, 하나 되며 달았다. 따뜻한 액체에 풀리는 포켓커피처럼, 그 달콤함 속에서 배어 나오는 쌉싸름한 맛도 주고받았다.
　그의 손이 닿는 대로 나는 젖었다. 낮에 잡았던 Nomad의 축축한 손바닥을 떠올렸다. 다한증(hyperhidrosis)이야, 유독 손바닥만 그래. 그는 내 몸을 자신의 배 위로 끌어올리고 침대 시트에 손바닥을 문질렀다. 나는 괜찮아, 하고 말하며 비릿한 그의 가슴에 얼굴을 묻었다. 그 누구의 젖은 손이 조심스럽게 움직이는 대로 몸을 맡기고 있으니 조금씩 호흡이 가빠왔다.

나는 섬의 갯벌과 비단조개의 숨구멍을 떠올렸다. 숨을 쉬는 대로 비명 같은 외침이 터져 나왔다. Nomad는 격랑에 흔들리는 배 같았다. 나를 몸 위에 싣고 누워서, 이젠 손바닥뿐만 아니라 전신에서 그는 땀을 쏟았다. 겨우 숨구멍만 열렸을 뿐 하얗게 의식이 닫히는 대로 실내에 밤꽃 향기가 짙어졌다.

"지금 무슨 생각을 하고 계신가요?" 그 순간에도 세상 바깥의 목소리가 들리는 듯 했지만 그와 나의 응답은 은밀했다. 내가 깨어있는 것이 아니다, 밤이 깨어있다. 나는 지금 죽어가는 기분으로 죽음에 대해 생각한다, 이대로 내가 완전히 죽을 수 있을까.

불가능해요, 왜냐하면 나도 지금 똑같은 기분으로 그것을 생각 중이니까. 그렇게 서로 죽음을 건네받은 사람처럼 우리는 곧 끌어안은 채 잠들어버렸다. 기억할 수 없는 어지러운 꿈들이 이어지는 대로 그 밤은 또 다른 밤들처럼 깨어있었다. 그러니까 그 최초의 밤에 나는 그에게 홀로 앞서는 죽음에 대하여 불가능하다고 분명히 말했다.

Nomad와 나는 한 달에 한 번 '거꾸로 가는 시계'에서 만났다. 우리 둘이 연인관계로 데이트 하는 게 아니라 페이스북에서 엮은 인연들 속의 각자로서 모임에 참석했다. 나는 매번 두리번거리며 Captain을 찾았지만, 번번이 그 자리에 없었다. 참석자들은 세상에서 낯선 사람들이지만 세상 바깥에서 순간을 같이 살고 있는 사람들이라 전혀 낯설지 않았다. 그 사람들은 명함을 꺼내거나 말로써 자기를 소개하지 않았지만 이미 재력 있는 CEO이거나 실력 있는 Artist였다.

우리는 인사를 나누며 각각의 정보란을 머릿속에 떠올리거나 스마트폰으로 검색했다. 혀보다 손가락이 바쁜 자리였다. 게다가 일 년 전에 인연 맺었던 사람과 오늘 친구가 된 사람이 별반 다르지 않았다. 어떤 사람의 일 년 동안 페이스북 접속 횟수가 또 다른 사람의 오늘 접속량에 못 미치는 경우도 있으니까. 우리들의 접속이야말로 누군가와 순간을 같이 살고 싶은 욕구의 기본적인 실천이었다.

그것으로 친구관계가 가능하다고 믿는 그 누구들이 모이는 장소, 거꾸로 가는 시계의 주 메뉴는 '뒷고기'였다. 소나 돼지의 붉은 살이 누군가에게 해체되어 부위별로 팔려가고 남은 살점 혹은 누군가가 흘린 살점을 우리는 저녁 내내 구웠다. 그 뒷고기를 먹으며 아무도 소인지 돼지인지 어느 부위쯤인지에 대해 궁금해 하거나 말로써 묻지 않았다.

그것은 각자(나를 포함한)의 스마트폰에 때깔 좋게 사진 찍혀서 페이스북에 단문과 함께 전시되는 대로 갈빗살이 되었다가 항정살이 되었다. 육식을 즐겨하지 않는 나로서는 그 자리가 냄새부터 고역이었지만, 지금에 응답하며 순간을 함께 누리기 위해선 감내할 수 있는 희생이었다. 뒷고기의 정체는 모임에 부재중인 Captain같은 친구들이 댓글을 덧붙임으로써 명백히 밝혀지거나 더욱 모호해졌다. "먹을수록 땅기겠어, 좋은 음식은 좋은 섹스와 같지." 그래서 거꾸로 가는 시계에서의 시간은 조용하지만 즐거웠는데, 특별히 도모 하는 일이 없어도 각자 스마트폰을 만지며 충분히 분주했다.

세상 바깥에서, 프로필 사진부터 호감이 가는 친구는 많지만 그 인기가 거꾸로 가는 시계에서도 여전하긴 힘들었다. 모임 참석자들은 페이스북의 정보란과 사실이 다르다는 것을 제 눈으로 확인하고 돌아가면, 물갈이하듯 친구 관계를 정리했다. 처음에 친구 관계를 요청하거나 수락했던 것처럼 친구 끊기도 손가락만 까딱하면 끝낼 수 있는 간단한 일이었다. 그런 점에서 Nomad는 늘 우세했다. 나는 가끔 친구 수가 줄지 않는 그를 부러워하거나 질투했지만, 지금 그가 나와 연애 중이라는 사실로 충분하다고 자위(自慰)했다.

그의 쌍꺼풀이 없지만 크고 길게 찢어진 눈은 보기에 따라 선량하게 혹은 고독하게 보였다. 그의 높은 콧날과 도톰한 입술에서 쉽게 꺾이지 않는 의지 같은 것을 읽었던 사람들은 거꾸로 가는 시계에서도 실망하지 않는 듯 했다. 우선 Nomad는 키가 크고 팔다리도 길어 어떤 옷을 입든 잘 소화해냈다. 그는 다른 사람 일에 참견이 적었고 침묵 하는 경우가 많았다. 그런데 침묵의 효과는 사람마다 틀려, 현명한 자의 침묵은 덕이 되지만 자신 없는 사람의 가장 안전한 방책이거나 어리석은 이의 지혜이기도 하다. 그러나 고기를 뒤집는 동안 침묵은 존재해도 그것의 효과에 대해 고민하는 이는 거꾸로 가는 시계에서 없었다.

또 Nomad는 대중교통을 이용할 때 노약자를 위해서 제일 먼저 자리를 양보했고 행상인의 무거운 보따리를 머리 위에 올려주는 데 힘을 아끼지 않았다. 아무리 급해도 다 마신 커피 잔을 치우지 않은 채 돌아서는 경우가 없었고 누군가 길바닥에 무심히 던진 담배꽁초가 눈에 띄면 반드시 주워야 했다.

그를 겪을수록, 눈에 보이지 않는 누군가에게 끊임없이 제재를 받고 있는 것처럼 반듯했다. 하지만 그 반듯함이 과해서 거부감을 불러일으키는 경우가 종종 있었다. 내가 거꾸로 가는 시계에 오 분 늦게 도착한 날, Nomad는 얼굴을 찌푸리며 말했다. 오 분이나 지각했어.

겨우 오 분이야. 특별한 사정이 없어도 오 분쯤은 늦을 수 있어.

약속한 시각에 늦었다는 사실이 중요해. 매사 무성의하겠군.

그의 마음이 상하는 게 싫어서 재빨리 사과했지만 내 마음이 상해버렸다. 그날도 한 번쯤 만나보고 싶은 Captain은 부재중이었다. 모임은 여전했고, 그 속에서 Nomad도 즐거워 보였다. 후식타임의 된장(밀크)커피는 간장(블랙)커피를 선호하는 우리의 취향과 전혀 틀렸다. 나는 상한 마음으로 뒷고기의 냄새를 견뎌낸 시간 끝에 그것마저 들이키고 싶지 않았다. 블랙으로 마실 수 있는지 묻기 위해 호출벨을 눌렀다. 종업원이 곁에 와 닿기 전에, 그가 낮은 소리로 내게 말했다. 그냥 좀 마시지.

싫어. 나는 단호히 대꾸했다.

그가 다시 말했다. 여러 사람 어울릴 때 자기 의견이 돌출되는 것은 안 좋지.

우리의 대화에 주변 사람들의 시선이 집중되었다. 내 것이 아니라 그의 얼굴이 붉어졌다. 나는 기어이 간장커피를 주문했고, 흡입하자마자 거꾸로 가는 시계로부터 빠져나왔다. Nomad는 따라 나오지 않았다. "지금 무슨 생각을 하고 계신가요?"

나는 페이스북에 접속해서 그 누구의 예의가 다른 누구에게 교양 있는 무례가 되기도 한다고 응답했다. 반갑게도 부재했던 Captain이 세상 바깥에서 기다렸다는 듯 총알댓글로 응수했다. "예의라는 것이 자기가 보고 싶은 대로 다른 사람을 묘사하는 능력이긴 하지."

그날 이후 나는 세상 바깥에 줄줄이 전시되는 Nomad의 석모도 사진에도 눈팅만 하며 침묵했다. 그러자 그는 우리가 좋아하는 간장커피 한 잔을 같이 마시고 싶다며 나를 불러내더니 새를 선물했다. 흰 문조 한 쌍이었다. 아버지께 네 얘길 했다, 정원에서 손수 기르는 녀석들 중 가장 예쁜 두 마리랬어. 우리라고 생각하고 잘 길러줘.

프러포즈하는 것 같았다. 한 번도 본 적 없지만 그가 존경하는 아버지로부터의 선물이라는 점도 나를 감동시켰다. 백문조는 모성애가 없는 새라서 십자매 둥지에 몰래 알을 넣어 부화시키기도 한다지 않는가. 그런데 새는 내 살뜰한 보살핌 속에서 일곱 개의 알을 낳더니 다섯 마리의 생명을 세상에 내놓았다. 그가 보고 만족스러워했다. 나는 세상 바깥에서 만난 그와의 미래에, 점점 확신을 가졌다.

처음에 베란다에 내놓았던 새장을 나는 곧 집 안으로 들였다. 그리고 내가 오랫동안 돌봐왔던 열대어들 곁에 놓았다. 물고기들은 쉴 새 없이 눈알을 굴리며 입을 빠끔거렸지만 수족관 바깥에 무심했다. 어디 불편한 구석이 없는지, 그래서 더 자주 들여다봐야 했다. 그네들은 그렇게 자기들 세상의 안락을 침묵과 무심함으로 챙겨왔다. 수족관 옆에서 흰 문조들이 야단법석을 떨어도, 물고기들은 마찬가지였다.

어린 백문조 다섯 마리는 둥지 속에서 먹이를 달라고 한꺼번에 울었다. 부리를 한껏 벌리고 합창을 시작하면 어미 새가 부리나케 새장 안을 돌아다녔다. 나는 좁쌀과 달걀 껍데기를 더 넣어주다가 열대어 보금자리까지 제대로 청소하고 점검하기로 마음먹었다. 수족관 속에 돌림병이 돌 때마다 극진히 살펴주는 허 사장님이 한달음에 출장 왔다. 한 해 만에 만난 그의 반백은 백발이 되어 있었다.

아이구, 오래간만입니다.

예, 사장님. 장사는 잘 되세요?

요즘엔 영 시원찮네. 집 비우는 사람들이 많은 세상이니 애완동물에 공들이는 사람도 적어요. 어라, 이 새가 여기 와있네? 그 녀석 참, 별안간 새를 키우고 싶다며 백문조 한 쌍을 구해달라더니 여기 선물할 거였구만. 새장도 맘에 들지요? 허 사장님은 사람 좋아 보이는 웃음을 지으며 바가지로 수족관 속의 물을 퍼내기 시작했다. 나는 입속이 말라오는 느낌을 애써 떨치며 물었다. 이 백문조들이 허 사장님 가게에서 왔다는 말씀이세요? 새장까지 말예요? 비슷해서 착각하셨을 수 있어요. 다시 좀 보세요.

아, 내 손으로 직접 세팅한 새장인데 몰라볼까. 파랗게 이끼 낀 모래사장 위에서 열대어들이 몸부림쳤다. 끓기 시작하는 국 냄비 뚜껑처럼 그것들의 아가미가 들썩거리기 시작했다. 매사 느긋한 허 사장님이 벽을 닦고 맑은 물로 갈아서 채우는 동안, 수족관 바깥의 열대어들은 움직이지 않았다. 나는 그것들이 행여 죽어버리지 않을까 초조한 건지 입술까지 메말라 왔다. 사장님은 이 새장과 백문조 한 쌍을 구입한 그 누구를 잘 아나 봐요, 그 녀석이라고 허물없이 말씀하시는 걸 보니…….

잘 아다마다요, 그 어머니가 내 초등학교 동창인걸. 유쾌한 목소리로 내게 그렇게 대답하더니 남은 말처럼 더 중얼거렸다. 혼자 살았어도 자식 하나는 반듯하게 참 잘 키워냈지. 허 사장님이 수족관 뚜껑을 닫고 새장 문을 여는 순간, 나는 그만 주저앉아버렸다. "지금 무슨 생각을 하고 계신가요?"

얼굴도 이름도 모르는 그의 아버지가 선물했다고 들은 새와 얼굴과 이름을 잘 아는 우리 동네 허 사장님이 팔았다고 듣는 새가, 사람 손을 피해 다니며 우짖었다. 그 울음소리가 섬뜩하긴 처음이었다. 청소와 점검을 마친 수족관과 새장을 나는 스마트폰 카메라로 찍었다. 그리고 언제부턴가 시원(始原)을 알 수 없는 새가 침묵 중인 물고기 곁에 살고 있다고, 페이스북에 응답했다. 기다려도 Captain의 대꾸가 없어 서운했다. 기다리진 않았지만, Nomad의 댓글도 없었다.

나는 그 누구의 것인지 알 수 없는 시원을 찾기 위해 그를 찾아다녔다. 우선 Nomad가 근무하는(아니다 한다고 들었던) 갤러리로 갔다. 그런 사람 없습니다. 그 다음에 Nomad가 졸업한 (아니다, 했다고 보았던) 대학교로 갔다. 우리 학교 졸업생이 아닙니다. 그에 대한 정보가 세상 바깥으로 바닷물처럼 끌려가는 대로 사실이 갯벌처럼 드러났다. 나는 숨구멍을 찾아 헤매는 비단조개 같은 심정으로 허 사장님을 찾아갔다. 늦게나마 백문조를 선물 받은 것에 대해 감사의 인사를 하고 싶다고 거짓말을 했다. 그리고 어렵게 받아낸 번호대로 전화를 걸었다, 여보세요.

전화를 받는 사람의 목소리는 누나의 것처럼 젊지 않았다. 허 사장님만큼 세월을 살아낸 어머니의 모습을 떠올리며, 나는 그녀에게 Nomad를 물었다. 으응, 사진 찍으러 갔어. 멀리 간다던데, 친구면 스마트폰으로 연락해요. 나는 그 기운 없는 목소리에 대고, 연락이 안 되니까 집 번호를 받은 거라고 대꾸하기 싫었다. 그녀의 음성이 마치 새의 울음소리 같다고 느끼는 순간 다시 섬뜩함을 느꼈고 나는 그만 통화를 끝냈다.

Nomad가 긍정했던 현실은 그가 부정했던 사실과 전혀 다르다. 그가 세상 바깥에 공들여 쌓아올리는 모래성은 파도를 피할 수 없다, 파도를 만드는 바다는 우리 세상의 시원이니까. 그렇다면 이제 나는, 그가 긍정하고 있는 현실인가 그가 부정하고 싶은 사실인가.

"지금 무슨 생각을 하고 계신가요?"

그가 세상에서 부정하고 싶은 사실과 상관없이 세상 바깥에서 친구들은 그가 긍정하고 있는 현실을 공유하며 살아가고 있다. 나는 스마트폰을 끄집어내서 손가락 끝에 와 닿은 Nomad를 친구 목록에서 지웠다. 세상 바깥에서 맺었던 그와 나의 관계는 갈매기다리 같은 것이었는지 모른다. 죽을힘을 다해 배를 쫓으며 갈매기들이 만들었던 하얀 다리처럼 우리 관계는 순식간에 허물어졌다.

지난해 유월과 외포리의 풍경은 별반 다르지 않다. 포구는 사람보다 석모도까지 도선(渡船)하려는 차량행렬로 붐빈다. 그때 Nomad가 그랬듯, 나는 왼쪽 깜빡이를 켜고 줄에서 이탈한다. 주차장에 자가용을 세워두고 다시 포구로 걸어 나오니 아낙들이 밴댕이 회 한 사라 하고 가요, 인삼 동동주 한잔 해요, 하며 살갑게 달려든다. 나는 걸음을 빨리해서 배를 타는 사람들 줄 끝에 가서 선다. 그와 함께 있었다면 이렇게 쉽게 유혹을 뿌리칠 수 없다. 섬 바깥의 섬까지 운임 시간은 오 분 남짓. 배 주위에 집오리만큼 살이 오르고 지저분해진 갈매기들이 날개를 접고 앉아있다.

개찰이 시작됨과 동시에 나는 승선을 위한 줄에서 슬그머니 이탈한다. 아직 탑승 명단에 사인을 하기는커녕, 표도 구매하지 않았다. 길게 고동을 울리며 배가 곧 출항한다. 앉아있던 갈매기 떼가 기다렸다는 듯 날개를 펼친다. 서서히 배가 포구를 빠져나가고 그 뒤를 갈매기 떼가 줄지어 따라간다. 새떼가 노리는 것은 물고기 사냥보다 쉬운 사람들의 과자봉지다. 그러니까 저것이 강화도 외포리에서부터 석모도까지 이어졌다 허물어지기를 밥 먹듯이 반복하는 하얀 다리다.

나는 마지막 배까지 석모도로 그냥 보내고 주차장으로 돌아온다. 운전석에 앉자마자 창틀에 샛노랗게 걸려있는 그의 죽음을 건드린다. "이놈이 잠든 채 석모도 해변으로 밀려왔다." Captain이 내게 카카오톡으로 보내온 메시지가 사진과 함께 다시 열린다.

나는 그의 소식을 보내온 Captain에게 감사하는 대신, 답장이 늦었지만 Nomad를 잘 아냐고 묻는다.

"잘 알았지, 그 녀석이 일곱 살 때까지는."

나는 다시 Captain에게 혹시 직업이 의사냐고 묻는다.

"나는 아픈 언어를 돌보니까 의사가 아니지, 나는 지독하게 가난한 시인이야."

이제 나는 그 누가 부정하고 싶었던 사실에 대해 다 알아버린 것 같지만, 시를 쓰기 위해 Nomad와 함께 살던 집을 나간 적이 있냐는 메시지를 Captain에게로 보내고야 만다.

"......."

Captain의 카카오톡 답장을 기다리다가, 나는 세상 바깥에 접속한다. "지금 무슨 생각을 하고 계신가요?" 나는 Captain이 보내온 사진을 거기로 공유하며 단문으로 응답한다. 삶은 무수한 숨구멍을 품은 갯벌과 마주한 채 죽어가는 경험 덩어리다.

금세 댓글이 달렸다. "누구죠? 영화 찍는 중입니까?"

"아뇨, 그러나 소설 일 수 있습니다."

"예에, 영화와 소설의 차이는 있지만 없는 건지도 모르겠네요. 마치 사람 사는 거랑 그것들처럼요. 하하, 내일도 거꾸로 가는 시계에서 뵙겠습니다."

그러니까 그 누구의 죽음과 같은 명백한 과거는 이 페이스북이라는 세상 바깥에서 의미 없다. 그는 영화를 찍는 중일 수 없지만 소설 속의 주인공이 될 수는 있다.

이 실없는 대화 위로 여전히 아무 이미지가 없는 Captain의 단문이 방금 게시된다.

사랑의 이름으로 다가오는 것 속으로 사라져 다시 태어나고 싶었다.

열애하는 심정으로 시를 읽고, 사랑하는 시 속으로 사라지고 싶었다.

그 아래에 총알댓글로 대꾸하고 싶다, 자유를 명분으로 아무나 Captain이고 누구나 Nomad 중이라면 침몰하거나 상실할 수밖에. 그러나 나는 Nomad가 페이스북 친구이기 전에 Captain의 아들임을 상기한다. 그의 세상 바깥에서 나 일지 모르는 누구와는 '연애 중'이고 아버지는 유일한 '가족'이지 않았던가. 나는 내 품 속에서 Nomad가 중얼거렸던 말을 떠올리며 Captain의 변명 같은 단문 아래에 그의 목소리를 댓글로 붙인다. "누군가의 아들이 되는 것은 힘든 일이다……"

이제 Nomad는 아버지가 있는 세상 바깥에서 영영 잠자기를 선택했고 Captain은 아들이 있는 세상 바깥에서 내내 노래하기를 선택했다. 모든 것이 가능할 것만 같은 거기에서, 그 누구들이 피곤한 중이다.

지금 무슨 생각을 하고 계신가요? 그러나 삶은, 당신이 머릿속으로는 다른 것을 생각하는 동안에 일어나는 일이다.

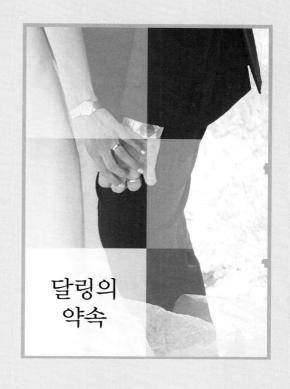

달링의
약속

그렇다면 누구든 어느 땅에서의 삶이면 또 어떠하리.
결국 삶은 그 누군가의 몫이며 사람과 사람이라는 관계의 문제일 뿐이지 않는가.

달링의 약속

호주 시드니 태생의 이십대 중반 미남자 Green Frost 존슨 씨가 한국에 왔다. 한국에서 최고의 인기를 누리고 있는 시청자와의 쌍방향 커뮤니케이션 프로그램에 출연하기 위해서였다. 하지만 그가 한국으로 온 목적은 상금이 아니라 '그녀'라고 한다.

　호리호리하지만 어깨가 넓어 스포츠맨 타입으로 보이는 존슨 씨의 목소리에는 절박함이 묻어있다. 그는 주로 영어로 이야기했지만 문득문득 놀라올 정도로 한국 어휘를 섞어가면서 자신의 심정을 표현했다. 연인들이 밀착하여 사랑을 속삭이기 좋은 크리스마스 시즌에, 지구 반대편에서 날아온 그의 로맨틱한 사연이 한국의 수많은 그녀들을 사로잡고 있었다.

　"음, 내게 눈(雪)을 가르쳐준 여자 친구를 찾아왔습니다. 그녀는 시드니에서 겨울을 이야기하면서 한국을 이야기했습니다. 한국인은 절망의 겨울을 겪어왔기 때문에 지구 어디에서든 희망을 잃지 않는다고 들었습니다. 새하얀 겨울눈이 아름다운 건 찬란한 봄을 기약하기 때문이라고도 했습니다. 그녀는 시드니의 한여름 같은 크리스마스에 눈을 내리게 해주겠다고 내게 약속을 했는데 얼마 전에 말없이 사라져 버렸습니다. 그때 내겐 미처 그녀를 챙길 수 없는 사정이 있었다는 것을 그녀도 이해하고 있을 겁니다. 나는 알 수 있습니다. 그녀는 더 이상 시드니에 없습니다. 여기, 한국에 있습니다. 그녀가 한국인이고, 한국의 겨울까지 사랑하기 때문에 그렇습니다."

얼마 전에 말이야, 예술가로 성공한 재일 한국인 3세 한 사람이 스무 살까지 한국인임을 속이고 살았던 아픈 과거를 고백했어. 국가라는 이름으로 경계선을 그어놓고, 죽자 사자 싸우는 비인간적인 현실을 견디기 힘들어서였단다. 거주지역의 주민으로 살아야 타향도 고향이 되고 싸움이 멈출 거라고 말하면서, 재일 한국인은 울었어. 아이처럼 소매로 눈물을 닦아내고 또 이렇게 말했어. "나는 한국인도 아니고 일본인도 아닌 오사카인입니다. 그러나 조국인 한국을 사랑하지 않은 적이 없습니다."

자, 느낌들이 어때? 오늘은 여기까지만 하겠어요. 각자의 생각은 리포트로 작성해올 것. 그녀의 사회학 강의를 굳이 청강하면서 엄지손가락을 치켜세우던 약혼자가 있었다. 호주에서의 연구과정을 마치고 돌아오자마자 하나가 되자며 반지를 끼워주고 떠났던 남자였다. 그랬던 그가, 이제 시드니 시민권을 목표로 살며 한국으로 돌아오지 않겠다고 한다. 고향을 버리려 하나, 사랑을 버리려 하나. 그녀는 당황스러웠다. 더 나은 한국 사회의 복지를 위해서 조금 더 앞서 나아가고 있는 나라로 벤치마킹 갔던 남자가 아니었던가. 약혼자는 그녀에게 결혼을 서둘러서 동반비자를 받자, 살기 좋은 호주에서 우리의 아이들을 낳고 이생이 끝날 때까지 행복하게 살자는 내용의 메일을 보내왔다.

그녀는 꽤 오랜 시간 만나면서 서로를 알아온 그 남자가 자신에게 할 수 있는 제안은 아니라고 생각했다. 결국 편지에 대한 답장으로 그 남자의 제안을 완곡하게 거절했지만, 그녀는 그에 대한 추억과 미련을 완전히 떨칠 수 없었다. 그러자 약혼자는 더 이상 소식을 보내오지 않았지만, 그에 대한 미련이 옅어질수록 미지의 땅에 대한 그녀의 호기심과 질투는 깊어갔다.

그녀가 스물한 시간 만에 광활한 시드니 공항에 닿았을 때, 하늘은 석양으로 이글거리고 있었다. 다급히 사위를 둘러봐도 그녀가 안정감을 느낄만한 병풍 같은 산이나 불빛이 새어나오는 집은 보이지 않았다. 동상(銅像)처럼 서서 수평선만큼 아득한 지평선을 바라보는 동안, 그녀는 붉은 전쟁터와 같은 거대한 하늘에 완전히 압도당해 소름이 돋을 지경이었다.

택시를 타고 고속도로를 달리는 동안, 그녀는 이 낯선 땅에서 돌아오지 않고 있는 한 남자를 생각했다. 그녀의 약혼자와 같이 키 큰 나무들은 쏜살같이 뒤로 달아나며 사라졌다. 관계의 시작이 만남이었다면 만남의 의미는 소통인데, 공감대가 형성되는 대로 몸과 마음을 섞으며 뜨겁게 사귀어온 그 남자와 왜 더 이상 소통되지 않는 걸까, 그녀는 새삼 가슴이 답답했다.

끝나지 않을 것만 같았던 길의 끝에 닿고서야 비로소 그녀는 자신이 혼자임을 실감했다. 단기 어학연수를 핑계로 한 해 강의를 포기하면서 신속하게 비자를 발급받았을 때의 패기는 어디론가 사라져버렸다. 시드니 하늘에서 기적처럼 눈이 흩날린다고 해도 결코 쌓일 리 없듯, 타국 하늘 아래에서 혼자 흘리는 그녀의 눈물도 부질없이 흩어졌다.

그녀가 시드니 태생의 Green Frost 존슨을 알고 지내게 된 곳은 한국으로 치면 커다란 문구점 같은 곳이었다. 외국인과 대화를 할 수 있는 일이 하고 싶어서 그녀는 그곳을 찾았다. 데스크 앞에는 얼굴이 상기된 그녀 외에도 여러 명의 동리 사람들이 옆으로 늘어서 있었다. 직원이 그들에게로 다가서며 친절하게 May I help You 한다. 그녀 옆 사람에게 하고 그녀 뒷사람에게도 한다. 그녀는 건너뛴다. 바로 그때 상품을 진열하고 있던 존슨이 장갑을 벗으며 다가와서 Sorry! May I help You 하지 않았다면, 영어가 유창하지도 않고 용무가 무안해서 그녀는 돌아섰을 거다.

존슨의 안내와 도움으로 그녀는 한 주에 열여덟 시간 정도 문구점에서 판매 아르바이트를 하게 되었다. 그녀보다 네 살 아래인 그와는, Today is sunny 하고 인사 나누다보니 자연스레 친구가 되어버

116

렸다. 존슨은 문구점 주인할머니의 막내아들이었고 한국을 좋아하는 어머니에게서 자란 호주 사람이었다. 그녀가 한국인임을 알게 되자 그가 유쾌하게 떠들었다.

"우리 집 TV와 자가용은 한국산 브랜드예요. 만약 기회가 된다면 서비스 좋기로 소문이 난 Korean Air를 꼭 타보고 싶습니다. 와우, 기내식이 비빔밥이라면서요."

존슨이 다니고 있는 대학교에 약혼자의 연구실이 있다는 사실을 알면서도 그녀는 캠퍼스에서의 데이트를 개의치 않았다. 학교 입구 게시판 앞에서 존슨을 기다리며 서있을 때, 누군가 외쳤다.

"Chinese라니! 국제장학금의 주인공은 이번에도 검정머리야?"

또 누군가 대꾸했다. "응, 이번에도 촌스런 검정머리야, 제기랄."

어느 틈엔가 그녀 뒤에 와서 서있던 존슨이 속삭였다. "신경 쓰지 말아요. 당신을 두고 하는 말이 아닙니다. 중국인도 일본인도 한국인도 시드니인들은 다 똑같이 '검정머리'라고 표현할 뿐이죠. 쟤들이 뭘 잘 몰라서 그래요."

한국에서는 외국인들을 속어로 뭐라고 칭했던가를 그녀는 잠시 생각했고, 화제를 돌려버렸다. "존슨, 시드니는 적도에서 가까우니 비가 얼어버릴 만큼 큰 추위가 없죠? 그러니 당신은 눈(雪)을 모르죠?"

"아, 캔버라(Canberra)엔 많은 눈이 내린 적이 있대요. 나는 본 적이 없지만요."

"한국의 옛날 사람들은 말예요, 겨울에 눈이 많이 오면 풍년이 든다고 했대요. 얼었던 눈이 녹으면서 봄 여름 가뭄을 해소해주고, 쌓인 눈은 겨우내 심어둔 곡식의 씨앗들을 추위로부터 보호해 주기도 하니까요."

"오, 그건 마치 아기 씨앗에 담요를 덮어놓은 효과 같은 거? 그럼 winter bud와 같은 거구나. 새싹을 보호하기 위해서 겨울에 생기는 작은 잎 같은 거 말예요. 당신도 알죠?"

존슨이 말하는 것은 나무가 겨울을 지내기 위해서 만드는 월동아(越冬芽)였다. 덕분에 새싹은 눈 속에서 봄을 기다리며 포근하게 잠들어있다. 말장난 같았지만 듣고 보니 정말 겨울에 내리는 눈과 월동아의 역할이 꼭 닮아있다. 그녀는 발끝으로 서서 손을 높이 들어 존슨의 앞머리를 쓸어내리며 웃었다.

시드니 사람들은 외식(外食)할 때 일식이나 한식보다는 타이 푸드 쪽을 선호한다. 타이 푸드는 주로 볶음밥이나 덮밥 류가 많은데, 먹기 간편하면서도 하루 종일 든든해서 그녀도 자주 찾게 되었다. 존슨은 그것들 중에 해물을 잘게 썰어서 밥과 함께 볶은 카파오 씨 푸드(sea food)가 최고라고 했다. 입 속에서 한국의 튀김 같은 뽀삐아의 바삭함을 즐기거나 국수 같은 꾸에띠오 누들을 부드럽게 목 넘길 때, 그녀는 태국이라는 나라를 한 번쯤 제대로 여행해 보고 싶다는 생각이 들었다. 특정 나라의 음식을 좋아하게 되면 그 문화 전체가 사뭇 궁금해지기도 하나 보다. 그녀가 메인으로 먹었던 표완 씨 푸드가 뜨겁고 짰던 탓에, 디저트는 아이스크림을 선택했다.

한낮의 따가운 볕을 머리에 인 채 달콤한 초코 바닐라의 맛을 혀로 느끼면서, 그녀는 좀 더 시원하고 산뜻한 한국의 아이스크림 종류를 떠올렸다. 시드니의 한여름에 눈과 같은 느낌의 아이스크림을 선물하면 이 땅에서 크리스마스 같은 사랑을 만끽할 수 있을까. 그녀는 아이처럼 초코 바닐라 아이스크림에 온통 집중하고 있는 존슨에게 말했다.

"이번 크리스마스에 내가 사려 깊은 당신에게로 눈을 선물할게요."

그의 초록빛 눈이 별안간 커졌지만, 이내 의심 없이 고개를 끄덕이며 대답했다.

"그럼 약속했습니다! 와우, 내게 기적이 일어나겠군요."

캠퍼스 잔디밭에 드러누워 책을 읽다가, 그녀는 꼭 한 번 약혼자의 모습을 보았다. 한국에서처럼 그 남자는 텀블러를 손에 든 채, 금발이 길고 어깨가 좁은 한 젊은 여자와 대화중이었다. 그녀가 시드니에 있다는 것을 상상조차 하지 못할 그 남자는 간간히 여자의 흰 손등을 치면서 웃기도 했다. 존슨을 통해서 여자가 한국의 대학교내 조교와 같은 존재라는 것을 알게 되었지만, 약혼자의 컵 속에 들어 있을 약간 식은 블루마운틴 커피처럼 그녀의 마음은 까맣고 적막했다. 그녀는 두 눈에 힘을 줘서 크게 한 채, 새파란 시드니 하늘을 올려다보았다. 까맣고 적막한 제 마음 밭에만 눈을 내리게 하려고 안 간힘을 쓰다 보니, 엉뚱하게도 시드니에 정말이지 눈이 좀 펑펑 내 렸으면 싶은 생각이 들었다.

다민족 다문화가 평화롭게 공존하는 것 같은 시드니는 유람하기에 아름답고 여유로웠다. 피어몬트 브릿지 위에서 내려다보면 수많은 요트들이 미끄러지듯 코클베이 항으로 들어왔다. 바닷바람에 펄럭이는 오색 깃발들 사이를 날고 있는 갈매기 두 마리가 선상에서 흘러나오는 재즈 선율에 맞춰 춤을 추는 커플 같아 보였다.

약혼자를 본 날 저녁에, 그녀는 와인을 존슨은 맥주를 손에 들고 달링하버의 야경을 함께 즐겼다. 아기자기한 펍과 화려한 극장에서 뿜어 나오는 즐비한 조명의 빛들이 시드니에 거주하는 눈동자들 색깔만큼 다양하고 신비로웠다. 달링하버의 밤은 이 세상 모든 사랑을 격이나 구분 없이 타당하게 만들 수 있을 것만 같았다.

저녁을 같이 먹자는 존슨의 제안이 섹스를 나누자는 의미라는 것을 그녀는 정말 몰랐을까. 어쩌면 밤바람의 찬기마저 달콤하게 느껴지도록 만드는 달링하버의 야경에 취해, 알면서도 오케이 했는지 모를 일이다. 식당에서 초밥과 롤을 먹는 동안 그녀는 일본인이라는 오해를 두 번 받았고 한국인이라는 것을 존슨이 열심히 설명했다. 그러자 식당 주인이 끼어들어 그녀에게로 North Korea냐, South Korea냐고 심각하게 물어왔다. 시드니에서 국적이란 중요하지 않은 것인지도 모르겠다고 잠깐이나마 했던 생각을, 그녀는 깨끗이 지우기로 했다. 그리고 큰 소리로 대답해주었다. "I am South Korean." 그리고 쓸데없을 지도 모를 말을 그를 향해 더 뱉었다. 그렇지만 나는 정말이지 하모니를 소원하는 평화주의자라고.

"음, 절대 고독했던 그녀에겐 사시사철 온화한 시드니라서 어쩌면 온통 겨울이었을 겁니다. 그렇지만 그녀는 그걸 알면서 시드니에 왔던 것 같은데, 오우! 그녀는 아마 칼바람이 몰아치는 절벽에서의 매정스런 업신여김을 자청했던 건지도 모르겠습니다. 일상처럼 그녀는 시드니 하늘의 저녁노을을 바라보면서 외롭게 흐느꼈습니다. 나는 당신의 큰 눈망울에서 물이 떨어져서 번지는 게 마치 꽃이 피는 것 같다고 말하며 달랬습니다. 그녀가 젖은 채 웃으며 이렇게 말했습니다. 정말이지 떨어지며 피는 꽃이 있네, 그게 바로 눈(雪)이야.

그녀는 눈이 보고 싶어서라도 한국으로 돌아가야겠다고 했습니다. 시드니를 다시 찾을 땐 행복한 여행객으로 오고 싶다고 말했습니다. 나는 그때마다 그녀를 꼭 안아주었습니다."

벗은 몸을 구석구석 쓰다듬는 존슨의 손은 크지만 섬세했다. 마치 손가락이 피아노건반 위에서 훌륭한 교향곡을 연주하는 느낌이거나 벗은 발로 조심스레 캠퍼스 잔디밭을 밟을 때의 느낌과 흡사했다. 그가 성감대마다 아찔하도록 깊은 키스를 퍼부을 때, 그녀의 젖은 입술에서는 묘한 소리가 터져 나왔다. 어쩌면 몸이란 누군가 두드려

야만 소리를 내는 드럼 종류의 악기 같은 것일지도 모른다.

요트가 미끄러지듯 몸속으로 들어오는 그의 삽입은 콘돔을 착용한 채 절반이었다. 그건 조그맣고 낯선 그녀를 안은 존슨의 애정과 배려였다. 뜨거운 그의 호흡이 가끔 거칠어지기도 했지만 새벽달처럼, 달링하버에 불빛이 사라질 무렵까지 이어졌던 것 같다. 결코 가볍게 사정해 버리고 싶지 않다는 존슨의 열정과 인내는 진심으로 나누는 것이었다. 그녀는 시드니가 춥게 느껴질 때마다 흰 양털 담요로 몸을 감싸듯 그와 섹스를 했다.

"나는 럭키보이가 될까 봐요."

"럭키보이?"

"호주에서는 동양여자와 결혼한 남자를 럭키보이라고 해요. 호주여자는 결혼을 해도 아기를 낳지 않겠다고 하는데 동양여자는 아기잘 낳지, 돈 잘 벌어 오지, 요리 잘 하지, 무엇 하나 호주여자에 비해 뒤떨어지지 않는다면서 내 친구들이 그렇게 말해요."

"오, 존슨! 모든 동양여자들이 그렇지는 않아요."

존슨은 그녀와 길게 키득거리다가 새벽녘에 1826년 시드니 지사였던 Ralh Darling에게로 경의를 표하며 짧게 잠들었다. 그 이름을 따서 지었다는 달링하버에서 사랑을 나눈 이후, 존슨은 그녀를 달링이라고 불렀다.

럭비 연맹의 경기가 있던 날, 그녀가 존슨을 응원하러 갔다. 한국에서는 전혀 관심 없었던 스포츠였지만 그녀는 한국 대표팀의 축구를 관람하듯 경기에 집중했다. 더러 한국인 같아 보이는 동양인 선수들의 근성 있는 파워와 스피드에 감동 받았고, 볕에 그을려 한층 더 건강해 보이는 원주민 출신 선수들까지 어우러져 하이파이브를 외치는 모습에 열광했다. 럭비공이 새처럼 누비고 다니는 드넓은 녹색 경기장이 마치 정글 같고 파라다이스 같다고 그녀는 생각했다.

그런데 왁자지껄한 축제와 같은 경기 도중에 어째서 선수들끼리 시비가 붙어 버렸는지, 럭비경기 룰에 무지한 그녀로서는 사정을 자세히 알 수 없었다. 선수들 사이에서 Fucking Chinese!라는 고함이 수차례 터져 나오자, 동양인 선수 한 명이 누군가의 멱살을 잡고 주먹을 날렸다. 팔다리가 엉킨 채 난폭하게 뒹구는 선수들을 바라보다가 관중들이 결국 야유를 쏟아냈다. 여기저기서 시비가 붙었고, 아수라장이 된 관중석에 선채 그녀는 아찔했다.

이 거대한 자연 속에서 누구라서 거만할 수 있는 걸까. 한없이 왜소해진 모습으로 어느 구석으로든 들어설 수야 있지만 결코 온전한 삶을 누릴 수 없는 곳, 그렇게 부질없이 개방되어 있는 땅일 뿐인가. 그렇다면 누구든 어느 땅에서의 삶이면 또 어떠하리. 결국 삶은 그 누군가의 몫이며 사람과 사람이라는 관계의 문제일 뿐이지 않는가.

그녀는 자신이 어느 틈엔가 이 땅 시드니를 사랑하고 있다는 것을 깨달으며 가슴이 아파왔다. 그러나 이곳이 겸비하고 있는 아름다움과 여유와 배려를 향한 어느 초라한 인간의 짝사랑일 뿐이라는 것도 알아버렸다. 마치 특정 지역인의 삶을 공유할 수 없기에 여행지를 사랑할 수 있는 여행자의 그것처럼, 그녀가 이 땅에 정착해서 살지 않는 한 그것은 결코 온전한 사랑일 수 없다고 생각했다.

멀리서 존슨이 셔츠를 벗어 던지고 럭비연맹의 몇몇 동료들과 함께 소리치고 있었다.

"용납할 수 없다, 사과해라! 우리 스포츠 세계에 어떻게 인종주의가 존재할 수 있는가."

신속하지 못한 빅토리아 경찰이 도착해서 사태를 진압하는 동안 그녀는 간신히 경기장을 빠져나올 수 있었다. 결과는 인종주의적 발언을 한 백인 선수는 처벌받지 않았다. 오히려 그 선수에게로 펀치를 날린 존슨을 비롯한 몇몇이 럭비연맹을 떠날 수밖에 없다고 결정 내려지는 수일동안 그녀는 사라져버렸다.

그녀가 한국행 비행기를 타기 직전에 들른 곳은 파도타기로 유명한 골든 코스트였다. 해변의 모래는 파도가 긁는 대로 석고가루가 떨어져 내리듯 쓸려갔다. 그녀는 골든 코스트에 맨발로 도장을 찍어보려고 안간힘을 썼지만 밀착력이 높은 백사장이 허락하지 않았다. 석고가루 같은 모래 알갱이는 서로 똘똘 뭉쳐 단단하게 그녀의 발을 밀어냈고, 희미한 흔적마저 파도가 말끔하게 지워갔다.

돌아오라고 아무리 두드려도 이젠 열리지 않는 한 남자의 마음 문 앞에서 느꼈던 아연함을 떠올리며, 그녀는 벗어두었던 샌들을 찾아 신었다. 파도자락에 손을 문질러 닦으면서 이 낯선 땅만큼 낯설어진 사람으로부터 그만 돌아서기로 했다. 그녀와 그 남자의 삶이란 이제 서로 다른 것이다. 여행자가 아무리 애정을 가지고 누군가의 삶을 들여다본다고 한들, 속속들이 교감할 수 없기에 절대적인 공감이란 있을 수 없다. 그것은 여행자의 사치이며 짝사랑일 뿐이다. 그녀는 자신이 이 땅의 여행자일 뿐이라는 것을 인정하며 동시에 약혼자였던 남자의 새 삶에 대한 책임감을 인정하기로 했다. 그러고 나니, 한결 발걸음 가볍게 그녀는 귀국 비행기를 탈 수 있었다.

인천국제공항에 도착하자마자 그녀는 핸드폰을 급히 충전시켜서 켰다. 몇 달간 정지되어 있었던, 그러나 결코 배반할 수 없는 그녀의 삶이 진동으로 되살아났다. 택시가 올림픽 대로를 달리는 동안 그녀는 누적되어 있었던 문자 메시지에 대한 답장을 정성껏 작성해서 전송했다. 잠시 밀어두었던 그녀의 삶이 손가락 끝에서부터 다시 추슬러지고 있었다. 돌아온 그녀는 이전보다 매사 적극적이고 밝아보였다. 그러나 그동안의 안부를 궁금해 했던 이들에게로 시드니를 추억하면서 이런저런 이야기를 들려주지는 않았다. 어쩌면 그녀의 여행이 거기서 끝나지 않은 것일지도 모를 일이었다.

"Green Frost 존슨 씨!"
프로그램 진행자가 그에게로 다가와 마지막으로 꼭 하고 싶은 말을 요청하며 어깨를 두드린다. 존슨 씨의 한국 방문 사연을 듣는 동안 눈동자가 커지고 얼굴빛이 붉어진 이 진행자는 타국 청년의 한국에 대한 이해와 그녀를 향한 진지한 사랑에 경의를 표한다고 말했다. 또 같은 사내로서 그를 진심으로 응원한다는 파이팅도 애드리브했다.

"음, 그녀와의 만남은 내게로 달려든 하나의 우연일 수 있습니다. 그러나 이제 그녀를 찾아서 한국으로 온 나의 마음이 필연적인 사건을 만들고 싶어 합니다. 우리가 다시 만나게 되면 바로 그것은 운명이 될 것이라고 믿습니다. 오, 달링! 존슨을 보고 있나요? 티비 화면을 통해서라도 제발 당신이 나를 좀 보고 있길 바랍니다. 시드니의 크리스마스에 눈을 내리게 해주겠다고 약속했던 당신이었습니다. 지금 한국은 겨울인데 눈이 내리지는 않고 있네요. 당신이 떠나고 없는 시드니야말로 내겐 온통 겨울이었습니다. 내가 눈이 내리지 않는 하늘 아래에서 당신의 흰 양털 담요가 되고 싶어 했듯이, 한국에선 달링이 내게 겨울눈이 되어주십시오. 프리즈."

참 이상하다. 그녀의 시드니행이란 구질구질한 변명을 생략하고 나면 사람을 버리기 위한 여행 같은 게 아니었을까. 그런데 그녀가 시드니를 기억하면 가장 먼저 무엇이 떠오를까. 군데군데 휴지통이 설치되어 있어서 마음 놓고 맨발로 뒹굴기에 안성맞춤이던 푸른 잔디밭일까, 항구마다 꿈결같이 미끄러져 돌아오던 은빛 나는 요트일까, 정거장에 정차할 때마다 발판을 내려서 장애우의 탑승이 끝날 때까지 얼마든지 기다려주던 새빨간 버스일까.

그도 저도 아니다. 겨울이 없는 것 같은 나라의 거대한 도시 시드니에서 그녀에게 겨울철 월동아와 같았던 사람 Green Frost 존슨, 바로 그가 아닐까. 사람을 버리기 위해 미지의 땅에서 철저히 혼자가 되어보기로 작정했던 그녀에게 친구가 되고 연인이 된 사람이었으니까.

지금 그녀는 티비를 시청하면서 얼음을 깎아 부수는 기계를 돌리고 있다. 얼음 입자가 굵게 떨어지는 전동식보다 이처럼 얼음이 곱게 갈리는 수동식을 고집하는 그녀라서 오랫동안 고집스레 소장해온 투박한 제품이다. 시청자와의 쌍방향 커뮤니케이션 프로그램이 끝나자, 화면에 뉴스 앵커가 출현한다. 한국의 올겨울 기온이 예년보다 높아서 크리스마스에 눈을 보기는 힘들 것이라고 소식을 전한다.

그러나 지금 그녀의 오목한 그릇 속에는 사각사각 눈이 내리듯 얼음가루가 떨어져서 벌써 소복소복 쌓이고 있다. 그녀는 지금 누군가를 위해 기적처럼 흰 눈을 만들고 있는 중이다. 새하얀 눈이 충분히 쌓이고 나면, 갖은 색깔의 과일을 자잘하게 썰어서 올리고 부드럽고 달콤한 연유를 적당히 끼얹을 생각이다. 아마 시드니에서 누군가와 함께 디저트로 먹었던 초코 바닐라 아이스크림과는 달리 시원하고 산뜻한 과일빙수가 완성될 것이다. 이 한국의 겨울눈 같은 아이스크림 맛의 비결이란, 재료가 되는 것들이 제각각 지니고 있는 맛들의 평화로운 하모니이다.

우리가 알고 있는 Green Frost 존슨 씨는 다시 그녀와의 식사 자리 끝에 과일빙수를 디저트로 먹을 수 있을까. 그가 한식을 맛보며 한국을 더 사랑하고 싶다고 얘기할 때쯤, 달링은 약속을 지키기 위해 시드니에서 눈 만드는 기계를 돌릴지도 모르겠다.

홋카이도의
연인

우리가 그리워한 것은

다르지만 같은 고향이었습니다.

홋카이도의 연인

아무래도 나는, 그림을 그리다가 죽을 것만 같다. 그렇다고 내가 일생일대의 작품 한 점을 남기겠다는 결심으로 살아온 화가는 아니다. 캔버스 전체에 처음 칠했던 건 어둠과 같은 검정색 물감이었다. 그 다음에 나는 붓 끝에 흰색 물감을 묻혀서 거기에 도장을 찍듯 점을 찍었다. 점, 또 흰 점, 그리고 자꾸 번복되는 그 흰색 점들이 새까만 캔버스 위에 눈처럼 쌓였다. 가만히 들여다보면 어둠의 밀도를 쫓아가는 그 무수한 눈송이들로 숨이 막힐 지경이었다. 그러다가 문득 생각난 듯, 나는 다른 것을 그려 넣기 위해 깨끗하게 붓을 씻었다. 그럴 때마다 가슴 깊은 곳에서부터 기침이 터져 나왔는데, 붓을 들고 있는 동안에 참았던 것들이 한꺼번에 다 쏟아졌다. 내 귀에 기침소리는 자지러지게 짖는 개소리 같이 들렸고, 그것과 비슷하게 짖었던 홋카이도의 개 한 마리를 옆구리에 끼고 사는 것 같았다.

목구멍에서 이렇게 다시 핏물 섞인 가래 끓는 소리가 나기 시작한 것은 지난 해 겨울부터인데, 내가 도망치듯 떠나왔던 그 섬을 다시 다녀왔기 때문이다. 그때 주변의 모든 사람들이 나를 말렸다. 그럴 만도 했다. 수 해 전에 '내란죄인'의 자격으로 끌려가서 내가 넉 달을 버티었던 그 추운 땅 홋카이도가 남긴 것은 고통과 악몽과 병뿐이었다.

거기로 끌려가기 직전까지, 나는 밤마다 아버지를 중심으로 동네 사람들과 즐겁게 모였다. 그리고 소리 죽여 '다른 말'을 읽고 썼다. 그 말은 아버지처럼 단순했지만 명확했다. 다른 말이 아니라 '우리 말'이라고 아버지가 강조하지 않아도 그 말이 주는 기쁨과 감동 때문에 우리는 일상에서 쓰고 있었던 말문이 막힐 지경이었다. 그 지경이 바로 어떤 사람들에겐 내란(內亂)이 되었다. 그래서 한 동네에서 오랫동안 함께 살아왔던 우리 내란 죄인들은 뿔뿔이 흩어져 어딘가로 끌려가야 했다.

연락선을 타고 바다를 건너 닿았던 홋카이도의 겨울은 모든 것을 얼렸다. 얼지 않는 것은 내가 일했던 슈마리나이 호수뿐인 것 같았다. 거의 날마다 눈을 맞았고 거대한 물가에서 삽질을 했다. 혼자가 아니라 수백 명이었지만 내가 아는 사람은 없는 듯 했다. 가끔 얼굴이 닿을 만큼 그들과 마주해서 일할 때가 있었는데, 저마다 똑같이 죽은 양가죽을 뒤집어쓰고 있는 모습들처럼 배고픔과 추위에 질려 있는 눈빛들도 똑같았다. 눈이 호숫가에 하반신이 다 잠기도록 내렸고 쌓였지만, 시퍼런 알몸의 호수는 가끔 몸을 출렁이면서 눈을 더, 더 부추겼다. 덕분에 일주일에 한 사람 꼴로 노동을 그만뒀는데, 눈

132

밭에 삽을 꽂고 선 자세로 잠이 드는 것 같았다.

흔들어 깨울 수 없는 깊은 잠으로 굳어진 사람은 망설임 없이 호수에 던져졌다. 혹시 그들 중에 얼음 같은 몸이 풀리거나 잠이 깨서 허우적대는 사람이 있을 것만 같아서, 나는 호숫가를 서성였다. 그러다가 깨달았다. 삽자루에 손이 쩍쩍 달라붙도록 모든 것은 얼어붙어도 호수물이 얼지 않는 건 던져진 그들의 더운 영혼 때문일지 모른다.

아직 눈밭에 꽂혀있지만 사람 없는 도구 앞에 서서, 나는 내 영혼이 몸부림치는 것을 느꼈다. 노동을 하고 있던 사람들 중 누군가 자신이 부리던 삽을 호숫가에 꽂고 모자를 벗었다. 그 모습을 지켜보던 다른 사람들도 모자를 벗기 시작했고 눈밭에 수백 개의 삽이 비석처럼 섰다. 그때 슈마리나이는 거대한 묘지 같았다. 노동을 감시하던 자들이 욕설을 퍼부었고, 제일 먼저 삽질을 멈췄던 사람에게 발길질이 쏟아졌다.

나는 그곳으로부터 기적처럼 탈주하여 고향인 부산으로 돌아오고 나서야 폐의 일부가 썩어있었다는 것과 한쪽 발목이 얼어붙어버렸다는 사실을 알게 되었다. 내가 까무러친 동안 그것들은 신속하게 잘려나갔지만 덕분에 목숨은 끊어지지 않았다. 수술 이후에 나는 모국어를 지켜낸 지사 혹은 용사로 분류되었고 노랗게 번쩍이는 별모양의 훈장을 달게 되었다. 다른 말이 아니라 우리말로 큰 사전을 만들고 있었던 아버지는, 내가 호숫가에서 삽질을 하는 동안 이미 고문실에서 사망했다는 통보가 그의 이름이 새겨진 별과 함께 왔다. 이렇게 가까이서 빛나는 별을 보게 되다니. 나는 땅에 떨어진 그 별을 주워들어 품에 안고 오열(嗚咽)했다. 나는 새 이름 철수에다가 선생님이 붙여져서 철수 선생님으로 불리기 시작했고, 별을 찍어내는 사람들이 운영하는 요양원에서 지내게 되었다.

홋카이도를 다시 한 번 그것도 잠시만 다녀오겠다는 나를, 간호사들이 줄기차게 막으셨다. 철수님, 아직 선생님께 홋카이도 여행은 무리입니다. 아무에게는 눈이 많아서 추운 땅이죠. 철수 선생님껜 고통스러운 기억이 많아서 더욱 추운 땅일 거예요. 그게 틀린 말은 아니었다. 그러나 내가 갈 수 있고 가야 하는 이유도 많았다. 우선 나와 전혀 상관없었음에도 불구하고 내가 겪어낼 수밖에 없었던 세계의 전쟁이 진즉 끝났다. 그리고 헐다 못해 찢어져서 피고름이 나던 내 항문에 뭉툭하게 새 살이 차올랐고, 얼어버려서 끊어낼 수밖에 없었던 내 발목의 절단면도 이젠 빙판처럼 반들반들해졌다. 그래서 나는 목발을 짚고나마 일어섰고, 개가 짖듯 거푸 기침을 하면서도 날마다 요양원의 넓은 정원을 산책하기 시작했다.

외상(外傷)은 회복되었지만 아무래도 나는 그림을 그리다가 죽을 것만 같다, 그것이 내일이 될지도 모를 일이다. 기침은 참을 수 있어도 나는 아직 캔버스에 어둠과 눈 이외에 다른 것을 그려 넣지 못하고 있다. 아무리 깨끗하게 붓을 씻어도, 그리고 싶은 사람과 개를 그려 넣을 수가 없다. 그것들은 남자와 여자 그리고 짐승, 그러니까 카이와 아이누 그리고 그들의 개다. 나로 하여금 고향을 그리듯 그림을 그리게 만드는 저 얼어붙은 섬의 따듯한 생명들이다. 거기까지 생각이 미치자, 나는 요양원의 허가 없이 혼자서 홋카이도를 다녀오기로 결심했다.

그래서 큰 가방 속에 카이의 양털외투와 내가 끼고 지내온 화구(畵具)를 챙겨 넣었다. 나는 정문을 지키고 있는 수위에게 노랗게 번쩍이는 훈장을 건네주었다. 이 노인은 전쟁터에서 아들을 잃었다고 들었다. 별을 주워들며 눈이 커져버린 노인에게 나는 거짓말을 했다. 수 해 전 고문실에서 돌아가신 아버지를 보고 오겠습니다. 그래서 나는 이제 조심히 다녀오라는 수위의 배웅을 받으며 문을 나섰다. 몸이 회복되는 동안 의도적으로 떨쳐내었던 내 기억에 균형을 잡으며, 스키를 타듯 홋카이도로 향했다.

카이를 향한 그리움과 아이누에 대한 연민이 부산항에서부터 싸락눈으로 흩날렸다. 내가 스스로 표를 구해서 다시 탄 연락선에는 반도와 섬을 오가다가 소식이 끊긴 사람들이 승객으로 있었다. 그들 중에는 나처럼 몸이 불편한 사람도 있었지만 대부분 마음이 더 불편한 사람들이었다. 그래서 홋카이도의 살인적인 추위에도 불구하고 배를 탈 수밖에 없었다고 두런댔다. 끊어진 소식들이 녹아있는 짠 물을 가르며, 연락선이 달렸다. 때때로 울음 같은 긴 고동소리를 냈다.

내가 오타루에 닿았을 때 눈송이는 조금 더 굵어져 있었지만 걸음을 옮기기가 불편한 정도는 아니었다. 나는 가방 안에서 카이가 선물했던 양털 외투를 꺼내 입었다. 그러자 홋카이도의 아들인 그의 목소리가 들려왔다. 이리와, 리쿠! 더 추워지면 내게 오라구.

그렇게 다시 리쿠가 되어버리는 나를, 카이가 따뜻하게 품어주는 것 같았다.

부산에서 태어나 열여덟 살이 될 때까지 내 이름은 리쿠(陸)였고, 그 해부턴 어린 아이들에게 한자를 가르치며 살았다. 원래 그 일은 내 아버지의 직업이었는데 그는 언제부턴가 야학에서 다른 글자를 가르치기 시작했다. 한자보다 훨씬 간단하고 쉬워 보여서 차라리 내가 그것을 배워 일하고 싶었지만, 아버지는 번번이 대꾸하지 않았다. 그러니까 나는 낮에 한자를 아이들에게 가르쳤고, 밤엔 아버지가 보수도 없이 일하는 교실의 구석에 앉아 다른 글자를 익혔다. 그것까지 그가 말리지는 않았다. 아버지는 가르칠 때 말을 아꼈다. 교실 안을 이리저리 돌아다니면서 무성영화의 배우처럼 표정과 손, 발짓으로 뭔가를 끊임없이 보여줬다. 학생의 자격으로 앉아있는 사람들은 아버지를 집중해서 보고 있다가 마치 그림을 그리듯 종이에 다른 말을 글자로 적었다. 아버지가 바닥을 가리키면 학생들은 가로로 줄을 그었고, 그가 걸음을 멈추고 꼿꼿이 서면 가로선 위에 다시 세로로 줄을 그어 보탰다. 그것은 마치 무언(無言)을 약속하고 함께 풀어가는 수수께끼 놀이 같아 보이기도 했다.

수업이 있는 밤마다 학습 공간을 밝히는 불빛은 미미했다. 열댓

명이 옆 사람과 살이 닿도록 모여 앉은 작은 교실이었고, 사방에 켜둔 양초 네 자루가 전부였다. 빛은 아버지를 쫓다가 그가 일으키는 바람(風)때문에 자주 흔들렸다. 그럴 때마다 흰 벽에 그려진 그림자들도 따라서 춤을 추듯 흔들렸다. 세계는 전쟁 중이라고 했지만 우리는 유희(遊戲) 중인 것 같았다. 그러니까 어떤 사람들이 내란이라 선고했던 다른 말 학습이란, 말과 글은 물론 이름조차 잃어버린 그림자 주인공들이 상연했던 인형극 같은 것이었는지도 몰랐다. 그러나 그것을 주도했던 아버지는 고문실로 잡혀갔고, 밤마다 교실 구석자리를 지켰던 나는 강물을 막아서 전기를 만들고 있는 홋카이도 섬의 슈마리나이로 끌려갔다.

댐은 완공을 앞두고 있었기에 일손이 절실했지만 계절은 겨울로 치닫고 있었다. 그곳에서 나는 가장 나이가 어렸고 허약했다. 찬 공기를 마시며 호숫가에서 삽질을 한 지 나흘째 되던 날, 나는 고열이 끓고 근육에 경련이 나서 쓰러지고 말았다. 얼굴에 첫눈을 맞으면서 겨우 정신을 차렸을 때 나를 향해 군화를 신은 발길질이 쏟아졌다. 나는 강제징용대상자에서는 제외되었다. 대신 밤마다 항문이 찢어지는 고문을 당해야 했다. 노동자들이 잠든 깊은 밤, 군화를 벗은 그들이 나를 부르더니 벽을 향해 돌려세웠다. 그들은 곧 내 사지를 하나씩 붙들어 매었고, 완전히 발가벗겼다. 그리고 내 몸 뒤에서 수차례 대못을 박았다. 처음에 나는 추위와 공포로 온몸이 오그라들었고, 그 못의 정체를 도무지 알 수 없었다.

이튿날 낮에 나는 그들로부터 고깃국을 얻어먹었고 겨우 기력을 회복했다. 삽을 들고 호수가로 나갔지만 그들이 내 노동을 말렸다. 하루 종일 어리둥절했던 나는, 한밤에 다시 그들의 숙소로 불려갔다. 촛불은 흰 벽에 자꾸 그림자를 그렸다. 고통과 치욕에도 불구하고 사지가 묶여 쓰러지지도 못하는 내 것과 발정 나서 날뛰는 수컷의 것, 그리고 제 차례를 기다리면서 그림자극을 감상하고 있는 여러 구의 그림자들이 거기에 있었다.

나는 샛별이 뜰 무렵에 눈이 그친 호숫가로 나가서 아랫도리를 내리고 눈밭에 주저앉았다. 그리고 항문에서 흘러나오는 고름 같은 핏물을 말리고 얼렸다. 동이 트기 전인데도 호숫가의 설원(雪原)은 희끄무레 빛났다. 그 눈빛은 내내 어둠을 잡아먹고 있다가 내가 흘리는 핏물까지 빨아먹었다. 그리고 다시 천연스레 흰 빛이었고 사위는 호수처럼 고요했다. 눈빛은 있어도 그림자 하나 없었다. 나는 그 땅에 쭈그리고 앉은 채 근질거리는 가슴팍을 쥐어뜯으며 별을 올려다보았다. 그렇게 아무런 개연성 없이 내 몸의 출구는 문득 입구가 되어버렸고, 나는 가슴 깊은 곳에서부터 기침을 받아내기 시작했다. 그것은 차츰 내 말수보다 더 잦아져 갔다.

나는 그렇게 기침을 해대면서도 눈이 내리지 않는 날 새벽엔 반드시 호숫가로 나갔다. 그런 날에만 볼 수 있는 새벽 별빛에 홀린 건지도 몰랐다. 작업복 사이로 파고드는 바람 때문에 피부가 쓰렸지만, 파열(破裂)된 항문의 고통에 비하면 아무것도 아니었다.

138

어느 날 나는 눈빛 속에 서서 별빛을 더듬다가 어깨와 등에 온기를 느꼈다. 아아, 눈물이 나도록 부드럽고 나른한 느낌이었다. 그러나 새벽 눈밭의 환상 같은 것이라는 생각이 들자 나는 그것을 떨쳐내기 위해 몸을 털며 돌아보았다.

　가만히 있어, 양털이야.

　나와 똑같은 작업복 차림의 낯익은 사내가 외투를 손에 들고 엉거주춤 서있었다. 언젠가 누가 호수로 던져졌을 때, 눈밭에서 제일 먼저 삽질을 멈추고 고개를 숙였던 바로 그 사람이었다. 사내가 다시 말했다. 나는 카이라고 한다. 옷을 덮어주었을 뿐인데, 너는 왜 그렇게 놀라지?

　나는 내 몸 뒤쪽에서 누군가 다가왔기 때문이라고는 말하지 않았다. 몸이 굳기 전에 겪는 환상인줄 알았습니다. 내가 호수로 던져지기 전에 빨리 떨쳐내려 했습니다.

　하하하. 수염투성이 얼굴이 흔들리도록 웃으면서, 카이는 양털 옷을 다시 둘러주었다.

　내가 기침을 밭으며 그에게 조심스레 물었다. 나는 다른 말을 쓴 죄로 반도에서 홋카이도로 붙잡혀온 리쿠입니다. 카이는 무슨 죄로 여기에 왔습니까?

　다른 말을 쓴 죄라니……, 그가 그렇게 혼자 중얼거리더니 이어서 대꾸했다. 나는 홋카이도의 아들이야. 이 땅과 아내를 지키기 위해 별 수 없이 호숫가에서 일하기로 한 거야. 내가 그렇게 하지 않으면 우리는 다른 땅으로 쫓겨나게 되어버렸거든. 그런데 너는 이 새벽에 여기서 무엇을 하고 있지?

나는 머뭇거리다가 대답했다. 하늘의 별을 봅니다.

오, 호시(ほし)! 다른 말로 별이라고 하는가보군. 아이누가 지금쯤 개를 데리고 별 바라기를 하고 있을지도 몰라. 그렇게 그가 다시 혼자 중얼거리더니 내게 물었다. 그렇다면 너는 어느 땅에서 왔지?

나는 반도의 부산에서 왔습니다. 여기에 비하면 정말 따뜻한 곳입니다.

리쿠, 내 아내 아이누의 품과 같은 곳이 자네의 고향인가 보군. 나는 홋카이도의 아들이라서 너보다 눈과 추위에 강해. 그 양털외투는 자네가 가져. 슈마리나이에서의 노동이 끝나면 오타루를 거쳐서 고향으로 가게. 자네처럼 별을 바라보는 여자와 개가 거기서 우리를 기다리고 있거든.

나는 대답하지 않았지만 별을 바라보는 그의 아내와 개를 마음속에 그려보았다. 카이가 다시 말했다. 리쿠, 더 추워질 거야. 그럼 내가 형이 되어 자네를 안아주겠네. 홋카이도에 온 것을 진즉 환영하지 못해서 미안하네.

그리고 그는 품속에서 무끄리(mukkuri)*를 꺼냈고, 내가 바라보던

---

* 대나무로 만든 아이누 족의 전통 악기이다. 대나무의 한쪽 부분을 결 따라 갈라서 떨릴 수 있게 만들고, 그 부분을 입 속에 넣어서 공명시켜 소리를 만들어 낸다. 아이누 족은 이 소리가 바로 대지 어머니의 소리라고 생각한다.

별을 향해 불었다. 가족을 사랑하고 고향을 지키려는 의지는 강해 보였지만, 그 소리는 구슬펐다. 나는 카이를 결코 형이라고 부를 수 없지만, 그가 홋카이도의 아들다운 이야기를 한다고 생각했다. 이후 카이는 추운 날 새벽마다 호숫가에서 정말 내 어깨를 감싸 안아주었고, 나는 그런 날 저녁마다 그의 주먹밥을 몰래 하나 더 챙겨두었다.

겨울이 깊어지자 작업복만 입은 차림으로는 호숫가에 나갈 수 없었다. 오두막 밖으로 나가면 피부 감각은 즉시 마비되어 추위를 느끼지 못했지만, 숨을 들이마시면 호흡기가 쓰릴 정도로 기온이 떨어졌다. 다행인지 불행인지 누군가 오타루에서 슈마리나이로 죽은 양 떼를 보내왔다. 그 가죽과 털을 받아서 모두 양처럼 둘렀다. 그러나 아침에 호숫가로 나갔던 양들이 모두 돌아와서 주먹밥을 먹진 못했다. 날마다 호수로 던져지는 사람 수가 늘었고 남은 밥은 딱딱하게 굳었다. 그것을 더 받아먹는 사람이, 드물지만 있었다.

겨울이 더욱 깊어지자 군화를 신은 사람들도 호숫가로 나갈 엄두를 내지 못했다. 나와 카이를 비롯해서 그때까지 살아남아 있던 노동자들은 배정받은 오두막 안에서 양 떼처럼 몸을 포갰다. 막바지 추위야, 이제 내일이라도 날은 눈 녹듯 풀린다. 모두 그렇게 말하는 홋카이도의 아들 입만 쳐다보며 지냈다. 문이 열리는 경우는 하루에 한두 번, 돌멩이 같은 주먹밥을 배급받거나 그날처럼 우리 중에 먼저 동사(凍死)한 양을 치워야 할 때뿐이었다.

어느 날 사지가 얼었다 녹기를 반복하다가 썩어 들어가기 시작한 누군가가 외마디 비명을 지르며 의식을 잃었다. 군화를 신은 사람들이 들것을 들고 오두막 안으로 들어왔고 카이가 벌떡 일어섰다. 아직 안 죽었습니다. 그들은 카이를 향해 발길질을 퍼부었고, 들것을 호숫가로 옮겨갔다. 나동그라졌던 카이가 어느새 일어서서 그들을 따라가며 부르짖었다. 아직 안 죽었습니다. 지금 호수에 던지면 이 사람은 심장마비로 즉시 죽고 말아요. 오두막에 누워 꼼짝도 하지 않던 노동자들이 몸을 일으켰고 카이 뒤를 따랐다. 호숫가엔 이미 어둠이 깃들었고 카이의 말은 사실이었지만 나는 그를 따라가며 말렸다. 카이, 그만해! 카이, 가지마.

들것이 호숫가에 내려졌고 카이가 그 위에 몸을 포갰다. 군화를 신은 사람들 중에 누군가 총을 뽑아드는 것을 본 나는, 거기까지 함께 온 노동자들과 함께 한 걸음 물러섰다. 카이는 품속에서 무끄리를 끄집어내었고 들것 위에 엎드린 채 구슬픈 소리를 내기 시작했다. 둘러서 있던 사람들 속에서 그것과 비슷한 소리가 합창처럼 새어나왔다. 이 난리 통에 들것 위에 죽은 듯 누워있던 자가 눈을 떴다.

그리고 내 눈을 바라보며 물었다. 당신도 반도에서 왔나요? 내가 대답할 틈은 없었다. 그 물음과 거의 동시에 총소리가 났고 카이가 힘없이 몸을 일으켰다. 그들은 들것 위의 썩어가는 양을 계획했던 대로 호수에 던졌고, 카이의 양털에서 붉은 물이 배어나오기 시작했다. 나는 그를 부축해서 겨우 오두막으로 돌아왔지만, 다시 문이 열리고 카이를 데려갈 들것이 들어오는 것은 시간문제였다.

홋카이도의 아들은 그날 밤 내내 나의 품에 안겨서 가쁜 숨을 내쉬었다. 나는 카이가 총을 맞는 순간까지 몸을 포갰던 양의 눈빛을 떠올리고 있었다. 그리고 너무 늦은 대답을 반복해서 중얼댔다. 예, 반도에서 왔습니다. 나도 반도에서 왔습니다. 흐르던 물이 슈마리나이에 갇히고 있어도 양의 더운 영혼 때문에 얼지 않는 호수처럼 내 눈에 자꾸 물이 고였다.

다음 날 샛별이 뜰 무렵에 카이가 눈빛 같은 입술로 내게 속삭였다. 리쿠, 나대신 오타루로 꼭 가주게. 날이 풀리면 아이누와 함께 산책을 와줘, 나는 호수에서 기다리겠네. 그리고 그는 자신이 입고 있는 작업복 주머니를 내게 찢어 달랬다. 아직은 피가 번지지 않은 그것 위에 카이가 붉은 글자를 적었다. 그것을 받아서 나는 주머니에 넣었고, 굳어가는 그를 위해 고향의 봄을 다른 말로 나지막이 노래했다. 홋카이도의 아들이 예보했던 대로, 다음날 새벽부터 눈 녹듯 날이 풀렸고 나는 카이를 반듯하게 눕혔다. 전신이 붉은 양의 모습으로 카이는 곧 들것에 실려 나갔고, 오두막마다 살아남은 양떼들이 쏟아져 나왔다. 그동안 추위로 중지되었던 노동이 시작되면서 어수선한 그 아침을 틈타, 나는 슈마리나이 반대쪽으로 개처럼 기기 시작했다. 내가 빠져나가는 홋카이도의 숲은 그 아들이 말했던 대로 낮고 온유했다. 침엽수와 활엽수가 손을 맞잡고 자유롭게 우거진 그 땅을, 나는 네 발로 짐승처럼 달렸다. 달리는 내내 발목이 근질거렸지만, 슈마리나이에서 그렇게 잦았던 기침이 신기하게도 나오지 않았다.

오타루의 마당 넓은 그 집 앞에 도착했을 때, 나는 숨이 끊어질 것만 같았다. 아이누, 나는 카이 대신 그녀를 불렀다. 여자 대신 마당에서 개가 짖기 시작했다. 울타리를 붙잡은 채 개가 짖는 소리를 듣고 있다가 나는 결국 미끄러지듯 쓰러졌다. 키가 작고 머리카락이 긴 여자가 그림자처럼 다가왔다. 아이누! 다시 그렇게 웅얼거리는 내 얼굴을 들여다보며 여자가 낮은 목소리로 물었다. 누구입니까. 내 이름을 어떻게 압니까.

나는 정신없이 대답했다. 카이, 아니 리쿠입니다. 슈마리나이에서 왔습니다.

아이누가 코다츠(こたつ)에 숯불을 갈아 넣고 물을 끓이는 동안, 나는 다다미(たたみ) 위에 반듯하게 누워있었다. 그녀는 젖은 수건으로 내 더럽혀진 손발을 닦아냈고 붕대로 상처를 감아주었다. 밝은 데서 보니, 키가 작아도 젖가슴이 풍만하고 다부진 체격의 여자였다. 그녀가 내게 물었다. 카이 소식을 갖고 왔습니까.

머릿속에 붉은 양의 모습이 떠올랐고, 나는 질끈 눈을 감으며 대답했다. 예, 하지만 카이와 당신의 이야기를 먼저 들려주세요.

아이누는 한숨을 쉬었고 잠시 망설이는 듯 했지만, 곧 내 머리 옆에 앉는 듯 했다. 그리고 더운 물에 찻잎이 우러나듯 천천히 말하기 시작했다.

144

우리가 이 땅의 별이야. 그렇게 카이는 자주 말했습니다. 나는 그 말의 의미에 대해 이렇게 생각했습니다, 별이 하늘을 밝히고 사람은 이 땅을 밝히는 것이라고. 전쟁 중에 포화소리도 들리지 않는 왕의 별장처럼 우리 삶은 오랫동안 조용하고 평화로웠습니다.

그러던 어느 겨울날 저 개가 새끼를 밴 채 추위와 굶주림에 찌든 몰골로 우리에게 왔습니다. 온몸이 핏자국으로 얼룩져 있었는데, 개 한테 상처가 있어서 직접 흘리는 것은 아니었습니다. 전부 누군가로 부터 튀었거나 어디선가 묻은 피였습니다. 몸을 닦아내도 개는 몸부 림치거나 짖지 않았습니다. 어쨌든 우리에게 그것은 큰 사건이었고, 그날 밤에 태어난 새끼 두 마리가 모두 죽어버린 것은 더 큰 사건이 었습니다. 홋카이도 땅에 태어나자마자 떠나버린 그 작은 생명들을, 우리는 소중하게 거두어주기로 했습니다. 내가 떡을 싸는 흰 종이 위에 새끼들을 엎드린 자세로 놓았더니 마치 잠이 든 듯 보였지만, 곧 카이가 직접 만든 나무상자 속으로 둘은 옮겨졌습니다. 우리의 마당에는 모래성 같은 봉분(封墳)이 생겼습니다. 이것을 다 지켜보는 동안, 개는 내내 힘들게 헐떡거렸고 눈물 같은 땀을 흘렸습니다. 그 리고 우리가 모래성 앞에 쪼그리고 앉아서 밤하늘의 별을 올려다볼 때, 간난 생명들과 함께 이 땅을 떠날 것만 같았던 개가 기적처럼 일 어섰습니다. 천천히 우리에게로 다가와 자신의 뜨겁고 젖은 몸을 비 볐습니다. 몇 달간 개는 짖는 소리 없이 정원을 서성거렸고 이유 없 이 허공을 노려보며 으르렁 거리기도 했습니다. 그러다가 지치면 마당에 핀 라벤더 꽃밭 속에서 취한 듯 잠이 들었는데 차츰차츰 제풀에 놀라 깨는 일도 없어져갔습니다. 털에 윤기가 돌고 살이 통통하게 오르면서 개가 짖기 시작했습니다. 그리고 우리 삶의 일부가 되어 함께 지내왔습니다. 우리 셋은 서로에게 충분했습니다. 누구에게든 싫은 것을 강요하지 않았고 아무도 부럽지 않았습니다.

아이누의 이야기를 들으며 누워있는 동안, 나는 입술부터 안면근육이 풀리기 시작했고 온몸에 따뜻한 물이 흐르는 듯 여기저기가 근질거렸다. 나는 눈을 떴고, 아이누가 무릎 위에 포개 올리고 있는 두 손 중에 하나를 잡아 쥐었다. 그리고 움찔 놀라는 그녀를 끌어당겨서 입술을 포갰다. 그녀가 몸을 일으키려고 했지만 나는 아이누를 더 가까이 잡아당기며 속삭였다. 카이 소식이 궁금하지 않은가보군요.

나는 아이누가 입고 있는 누비저고리 앞섶을 헤집었고 풍만한 젖가슴을 더듬었다. 카이가 당신을 내 고향처럼 따뜻한 여자라고 했어요. 그녀의 살 냄새에 잔인한 욕정이 찻물처럼 끓어올랐다. 나는 더 잃을 것이 없을 것 같은 아이누라도 갖고 싶었다. 그러나 나는 아이누를 취할 수 없었다. 그녀로부터 나를 저지하는 홋카이도의 기운은, 밤마다 내 사지를 붙들어 매던 그들보다 단호했고 피고름이 흐르는 내 항문을 식혔던 눈밭보다 싸늘했다. 어디선가 붉은 양 울음소리가 들리는 듯 했고, 나는 아이누의 팔을 붙잡고 있던 상처투성이의 손을 거두었다.

충분한 당신과 개를 두고, 카이는 왜 슈마리나이로 갔습니까.

146

아이누는 자신의 벌어진 앞섶을 두 손으로 감싸 쥔 채 다시 말하기 시작했다. 카이가 그랬습니다. 사람의 빛과 힘을 만드는 일에 협력하지 않으면 우리가 홋카이도를 떠나야만 한대. 지금 슈마리나이에서 댐을 만들고 있는데, 홋카이도에 거대한 호수가 생기게 될 거야. 그러면 홋카이도 구석구석을 촛불 대신 전구가 밝힐 거고 이 섬에서부터 반도를 지나 대륙까지 열차가 달리게 될 거래. 영영 살아왔고 살고 있는 홋카이도를 떠날 생각이 없었기 때문에 나는 카이에게 물었습니다. 우리는 홋카이도를 떠날 생각이 없어요. 이 땅에서 대륙까지 그 길을 누가 다니죠? 카이가 대답했습니다. 응, 우리는 홋카이도를 떠날 생각이 없어. 우선 기차가 싣고 달리는 것은 사람보다 무기가 될 거야. 큰 전쟁 중이니까. 나는 불안하고 무서워서 얼굴을 찡그렸습니다. 카이가 그런 나를 안아주며 다시 말했습니다. 아이누! 홋카이도의 일이니까, 고향에서 이대로 쫓겨날 순 없으니까 나도 가는 거야. 다행히 내가 전쟁터로 가는 건 아니잖아? 나는 홋카이도와 당신을 사랑해. 목숨 걸고 지킬게. 약속한다.

아이누가 거기까지 말했을 때, 나는 다다미로부터 발작적으로 몸을 일으켰다. 내 눈앞에, 어둠을 잡아먹고 있다가 핏물까지 빨아먹던 슈마리나이 설원의 눈빛이 번뜩였기 때문이었다. 빛이 있어도 그림자 하나 없는 그 눈밭에서 속절없이 굳어버린 사람들을 날마다 받아먹었던 호수도 눈앞에서 출렁였다. 나는 몸을 털며 그녀를 향해 소리 질렀다.

아무 상관없이 나는 반도에서 이곳으로 끌려왔다. 홋카이도에 무슨 일이 벌어지고 있는지 전혀 알지 못했어! 그러자 마당에서 개가 짖기 시작했다. 방문을 열고, 나는 이번엔 개를 향해 소리쳤다. 어쨌든 흐르는 물을 막는 게 간단한 일이 아니었어. 사람이 호수한테 빚과 힘을 빚지는 대가를 홋카이도의 아들이 치른 거야. 그런 거라구! 당연한 거야, 그런 거라구! 그렇게 악을 쓰다가 나는 그만 기침이 터졌다. 내 말은 끊어졌지만 가슴 깊은 곳에서부터 나오는 기침이 멈추지 않았다. 마당에서 개가 짖고, 방에서 내가 짖는 것 같았다. 나는 그만 일어서서 방문턱을 넘었다. 그때 아이누가 내 아랫도리를 잡고 매달렸다. 개와 내가 짖는 사이로 그녀가 부르짖었다. 카이는 이 땅에서 태어나 자란 사람이라는 뜻입니다. 그런 그가 대가를 치르다니요, 무슨 말입니까. 리쿠, 나는 우리 이야기를 다 했습니다. 약속했던 대로 카이 소식을 주십시오.

나는 한 손으로 가슴팍을 움켜쥐고 여전히 기침을 하며, 주머니 속에서 카이의 무끄리를 싸고 있는 붉은 주머니조각을 꺼냈다. 그리고 그것을 아이누 앞에 던지듯 내려놓았다. 아이누가 카이의 붉은 글자를 만나는 동안 나는 기침을 참고 싶었다. 그녀는 손가락으로 애(愛)와 수(守)를 더듬으며 오롯이 앉아 있다가, 카이의 무끄리를 불기 시작했다. 소리는 울음을 참듯 자꾸 끊어졌다.

나는 아이누로부터 고개를 돌려버렸고 더 이상 짖지 않는 개를 지나쳐서 마당 넓은 집을 빠져나왔다. 오타루의 한길을 딛자마자, 나는 고향을 향해 걷기 시작했다. 누구에겐 지켜야 할 땅이지만 내겐 버려야 하는 땅이었다. 카이와 나에게는, 애당초 없었을 그러나 지금 있을 수밖에 없는 그렇게 질기고 모진 차이가 있었다.

그날 밤에 리쿠가 네 발로 기고 달려서 닿았던 집 앞에, 오늘 밤에 철수가 세 발로 다시 닿았다. 넓은 마당에 별 바라기를 하고 있는 여자와 개의 모습은 보이지 않았다. 그날 밤엔 기적처럼 눈이 그쳐있었고, 오늘 밤엔 다시 눈이 내리고 있기 때문일 거다. 나는 그렇게 생각하며 자꾸 미끄러지는 목발로 울타리 문을 밀었다. 기다리고 있었다는 듯 문은 쉬이 열렸다. 나는 마당을 가로지르며 이리저리 개를 찾았지만 역시 없었고, 마침내 집 안에 들어서게 되었다.

고요하고 어두웠다. 나는 어린애처럼 불안하고 무서워졌다. 아이누! 용기를 내서 그녀를 불렀지만 기척이 없었다. 나는 목발을 마루에 두고 가방을 멘 채 다다미가 깔린 방으로 들어갔다. 불을 밝히니 내가 누웠던 자리에 빈 찻잔과 마른 수건이 놓여있었다. 그날 밤에 아이누가 숯불을 갈아 넣었던 코다츠(こたつ)에 지금 온기라곤 없다. 그녀와 개는 어디로 가 버렸을까. 나는 홋카이도의 아들이 남겼던 그 붉은 주머니조각을 다급히 찾기 시작했다. 그러나 방 안 어디에도 사랑 애(愛)와 지킬 수(守)는 없었다. 나는 다다미 위에 털썩 주저앉았다. 짧아진 한쪽 다리의 바지자락에서 풀썩 찬바람이 일었다.

눈 녹듯 날이 풀리면 슈마리나이 호수로 아이누와 함께 산책 오라고 했는데, 호수에서 그가 기다린다고 했는데. 카이의 유언을 나는 그녀에게 제대로 전하지도, 실천하지도 못한 셈이었다. 다다미 위를 엉금엉금 기어 다니면서 아이누의 흔적을 더듬었다. 카이의 유언(遺言)을 품고 그녀가 개와 함께 영영 가버린 곳을 짐작하자니, 기침이 터져 나오기 시작했다. 아니 개 짖는 소리가 들리기 시작했다. 그리고 방 안에 고향 같은 아이누의 살 냄새가 퍼지는 것 같았다. 카이, 태어나서 자란 곳만 고향이 아니었습니다. 리쿠가 향수병을 앓다가 이렇게 다시 왔습니다. 아이누는 지금 어디에 있습니까.

나는 그렇게 웅얼거리다가 가방을 열고 캔버스를 꺼내 세웠다. 검은 바탕 위에 흰 점만 찍다가 죽을 것만 같았던 내가, 다른 것을 그려 넣기 위해 깨끗하게 붓을 씻었다. 어느 새 그녀가 마당에 서 있었다. 개가 숨 가쁘게 짖었지만, 나는 아이누를 향해 가슴팍을 쥐어뜯으며 말했다. 카이는 내게 홋카이도에서 유일한 위로였습니다, 모닥불 같은 연인이었습니다. 하지만 그녀는 아무 대꾸 없이 나로부터 돌아섰고, 걷기 시작했다.

개가 아이누를 따라가며 계속 짖었다, 나도 계속 말했다. 카이는 홋카이도의 아들다운 사람이었습니다! 우리가 그리워한 것은 다르지만 같은 고향이었습니다. 아이누와 개가 더 멀어지기 전에 나는 다시 그림을 그리려고 붓을 들었다. 다행인지 불행인지 개가 짖는 소리는 더욱 숨 가쁘게 들렸다, 캔버스에 슈마리나이에서 흘린 양들의 피가 튀었다. 나는 또다시 각혈을 하고 말았다.

150

눈은 쉼 없이 내렸다. 그것은 주인 없는 숲과 호수 전체를 얇은 시트처럼 덮기 시작했다. 오타루의 마당 넓은 집에서 출발한 아이누와 개에게 사랑 애(愛)와 지킬 수(守)는 슈마리나이로 가는 지도였다. 그녀와 개가 숲을 헤매고 또 헤매어, 마침내 호숫가에 닿았을 때 하늘은 어두웠지만 설원은 하얗게 빛났다. 눈빛은 마치 안개처럼 자욱했고 또 아득했다. 아이누의 언 발이 호수의 살얼음 물에 닿자마자 그녀는 쓰러졌다. 개가 그녀 뒤에서 짖기 시작했다. 아이누는 아뜩해지는 정신을 그 소리로 간신히 가다듬으며 몸을 일으켰고, 카이를 불렀다. 카이! 그리고 또 외쳤다. 어디 계신 거죠, 카이!

그러나 그녀의 등 뒤에 우두커니 있는 것은 잠든 숲이었고, 눈앞의 호수도 침묵하고 있었다. 대답은 오직 메아리였고, 그 소리는 나부끼는 눈발에 질려 곧 꺼져들었다. 아이누는 이미 얼어붙은 두 손으로 쌓인 눈을 걷어내는 시늉을 하며 오열했다. 그녀가 눈의 시트를 다 걷어내면, 카이의 모습이 보일 것만 같았다. 그러나 눈은 쉬이 그칠 기미가 없었고, 그녀는 호숫가의 나목처럼 굳어가기 시작했다. 곁에서 개가 다시 짖었다. 그 소리는 아이누의 얼굴과 심장 언저리에 내리고 있는 눈의 속도를 저지하려는 듯 숨 가빴다. 그러나 부엉이 소리도 들리지 않는 슈마리나이 깊은 숲과 더 깊은 호수의 지도였던 사랑 애(愛)와 지킬 수(守)는 묻혀버렸다.

따라서 이것은 그림이 아니라 침묵이다, 아니 침묵이 꾸는 꿈이다. 나는 여전히 씻은 붓을 들고 기침을 참으며 앉아있다. 내가 이제 숨조차 마음 놓고 쉬지 못하는 까닭은 개가 죽어버렸는데 다시 기침이 터질 것 같아서였다. 내가 왜 검정색 바탕과 흰색 점 외엔 아무것도 캔버스에 그려 넣을 수 없는지 깨달았기 때문이기도 했다.

나는 지금 눈이 그치기를 기다리고 있다. 그러고 나면 새벽하늘에 별을 그려 넣을 작정이다. 그다음엔 캔버스에 악착같이 찍었던 흰 점들을 그만 지우고, 눈이 완전히 녹은 슈마리나이를 그리고 싶다. 내가 호숫가에 다른 말로 오만가지 색깔의 꽃을 피운다 해도 흰색 물감은 다시 또 필요할지 모른다. 남자와 여자와 짐승의 유골들이 드러나는 대로 눈보다 흰빛으로 진하게 칠해줘야 하니까.

그럴 수 없을 지도 모른다고 호수가 깊은 숨으로 출렁인다. 어떤 목숨보다 지긋지긋하고 질긴 것이 있다고 속살거리듯, 호숫가에 다시 눈이 내린다.

파리로
가신
서방님

오늘의 바람이 서쪽에서 불어온다고 해서,
내일의 제 갈 길을 어찌
서방(西方)에서 찾으려 하느냐

파리로 가신 서방님

사람보다 나무가 많은 길을 헤매며 나는 울었다. 어느 그루에 기대서 누군가를 불러보고 싶었지만 대상이 없었다. 나무들은 각각, 얼굴도 모르는 어미이거나 정이 식은 서방 같았다. 그렇게 낯설고 무뚝뚝하게 버티고 서서 내가 혼자 걸어야 할 길을 내고 있었다. 갈래갈래 마음 길을 더듬다가, 나는 묘덕이 계신 암자로 발걸음을 옮기기 시작했다. 사방에 그리고 어깨 위로 툭툭, 낙엽은 죽비처럼 떨어졌다. 깨우침은 더디고 의심이 많구나. 그렇게 말씀하실 때 묘덕의 음성은 만추의 찬바람 같았다.

시리도록 서러워서 잠 못 이루는 밤에 묘덕은 더운 물로 나를 씻기셨다. 암자에 욕간(浴間)은 따로 없었다. 나는 김이 모락모락 오르는 가마솥 옆에서 치마저고리를 벗었다. 알몸이 부끄럽다는 것을 알 만한 나이가 되면서, 나는 묘덕으로부터 돌아앉았다. 본래 빈 몸이다. 벗은 몸이 뭐 그리 부끄러우냐. 그렇게 말씀하시며 묘덕은 따뜻한 손바닥으로 내 등을 쓸어내렸다. 속살이 어찌 이리 곱누, 필경 서방한테 사랑받고 살 팔자인데……. 네 어미는 어째서 핏덩이를 저 흥덕사 마당에 흘리고 갔을까.

더운 물을 충분히 끼얹어도 묘덕의 말씀 탓에, 나는 자꾸 추웠다. 어미 잃은 젖은 새 한 마리가 고목에 내려앉아 몸을 떠는 시간이었다. 그러니까 내 고향은 청주의 오래된 절 마당 어디쯤이고, 바른 말씀을 구하러 부지런히 흥덕사(興德寺)를 다니던 묘덕이 은행을 줍듯 나를 거두었다. 그리고 절 근처의 이 작은 암자에서 열여덟 해가 되도록 키우셨다.

묘덕의 암자에는 남녀 구별 없이 낯선 사람들이 댓바람처럼 드나들었다. 그네들은 가끔 어린 나를 무릎 위에 앉혔고, 옷을 지어 입히거나 떡을 쥐어주었다. 노래나 놀이를 가르쳐주는 이도 있었다. 그러나 내가 누군가의 체취에 익숙해질 때쯤에, 절이 싫어 떠나는 중처럼 그네들은 훌쩍 사라지기 일쑤였다.

말이 많으면 정이 깊어지는구나, 말이 흩어지듯 정도 부질없구나. 나는 그네들이 동전처럼 흘리고 간 말과 정을 주워 모아서 암자 벽에 낙서 같은 속세를 그렸다. 묘덕이 물으셨다. 연필로라도 말과 정을 품고 싶으냐. 나는 눈물이 그렁한 눈을 씻으며 고개를 끄덕였다.

묘덕이 무릎걸음으로 다가와 내게 글자를 가르쳤다. 점 하나가 얼굴이 되더니 획을 만나 표정이 되고, 주절주절 추억이 되어갔다. 다시 여러 글자를 익히며 써 내려가면 그것들은 서로 어우러져 위로가 되고 꿈도 되었다. 나는 쓸 줄 아는 글자 중에 하나를 골라서 잠든 묘덕의 손바닥 위에 그렸다, 母. 손가락을 세우고 눕히면서, 지웠다가 그리고 그렸다가 다시 지웠다. 그렇게 글자를 깨치면서, 묘덕이 내게 어미 같은 존재라는 생각이 들었다.

이 시각에 누가 왔는가? 방문이 열리더니 묘덕이 내다보았다. 그 목소리에 힘이 하나 없었다. 원래 가냘픈 체구에 잔병치레가 잦아 찬바람을 겨워했다. 묘덕은 나를 키우면서 예불도 공양도 직접 했다. 내가 서방님을 따라나선 뒤로, 찬바람과 댓바람을 혼자 다스리며 말벗 하나 없이 지낼 것을 왜 생각 못했을까. 한 해만에 더 쇠약해진 것 같은 묘덕을 바라보다가, 나는 고개를 숙였다. 노을빛에 물들며 나는 방문 앞에 가만히 서있었다. 등 뒤에 서있는 암자 마당의 탑 속에서 꾸지람 같은 바람소리가 새어나오는 듯 했다.

묘덕이 다시 말했다. 올해는 날이 벌써 제법 차구나. 어서 안으로 들어오너라.

이렇게 묘덕의 몸이 불편하여 누워계실 때, 흥덕사에서 석찬이 왔다. 품속에서 서간 같은 '직지(直指)' 한 구절을 내려놓으면 묘덕은 몹시 기뻐했다. 흥덕사에서는 큰 스님의 말씀을 한 자 한 자 받아 적어서, 이번엔 쇠 글자로 다 만들어 조판했다. 그간 저 어린 석찬 스님도 쇳물을 끓이며 죽을힘을 다했고, 나도 밀랍을 구하러 어지간히 다니며 거들었다. 덕분에 이렇게 열 장도 찍고 백 장도 찍어서 세상에 불심을 전하고 있단다. 아무 재난이 두렵지 않구나. 오오, 직지야말로 백 년이 가고 천 년이 가도 중생을 굶주리지 않게 하실 천상의 공양인 것이야. 그렇게 말하는 묘덕의 눈에 더운 물이 차오르는 듯했다.

아가, 직지를 받고 석찬 스님에게 밥을 차려 먹여라.

나는 두상이 잘생긴 동자승을 말끄러미 바라보며 섰다가 공양간으로 들어가 쌀을 씻었다. 석찬이 흥덕사에서 왔으니 따지고 보면 내게 고향사람인 격이었다. 나는 된장을 풀어 국을 끓이고 김치를 씻다가, 푸른 고추에 밀가루 옷을 입혀 들기름에 살짝 구워냈다. 밥상 앞에 앉은 석찬의 입이 헤벌어졌다. 부지런히 수저를 놀리다가 이렇게 말했다.

공양에서 엄마냄새가 납니다. 그리고 다시 쉴 새 없이 오물거리는 석찬의 입을 바라보다가, 나는 아끼는 버섯도 약간 다듬어 올리지 못했음을 후회했다. 내 그릇에 담긴 밥 한 술을 석찬에게로 덜어주며 나는 말했다. 작은 스님, 암자에 가끔 오셔서 그 냄새를 드시도록 하세요.

석찬이 흥덕사에서 전해온 불심을 눈으로 다 읽고나면, 묘덕은 마당으로 나갔다. 돌을 하나하나 직접 날라서 쌓아올린 석탑 속에, 말씀을 고이 접어 넣었다. 그 다음에 묘덕은 마음으로 다시 읽듯 그 앞에 한참 서있었다. 마침내 묘덕이 합장을 하고 방에 들면, 나는 탑을 돌았다. 한 번은 묘덕의 건강을 위하여 나무아미타불, 다음은 어미를 그리는 석찬을 위하여 나무관세음. 마지막은 무엇을 위해야 할지 몰라 빈 생각 빈 마음으로 나무아미타불 나무관세음을 중얼거리며 그냥 돌았다.

탑 속에 담긴 직지는, 내가 어깨 너머로 익혔던 글자처럼 어깨 너머로 겨우 새기는 큰스님의 말씀이었다. 그렇지만 내 고향으로부터의 귀한 전갈이기도 했다. 그것은 적막한 내 삶에 뿌리였고 위로였다.

나는 묘덕의 방에 들자마자 절부터 올렸다. 불상처럼 앉은 묘덕 뒤에 걸린 서방님의 탱화가 더 반가웠다. 한 해 전에 묘덕은 저 그림을 구하자마자 장안에 소문난 화공 한 사람을 암자로 불렀다. 그가 묘덕의 암자에 처음 들었던 날, 나는 마당에 골풀자리를 펼치고 오전 내내 붉은 고추를 잔뜩 널었다. 꼭지를 따느라 시달려서 매운 열 손가락도 좍 펴서 흙 위에 널었다. 나는 양지바른 곳에 쪼그리고 앉은 채 햇빛을 쫓으며 아린 눈을 자꾸 깜박였다. 여기저기에 골고루 쏟아지며 스미는 가을볕이, 꼭 눈에 보일 것만 같았다.

아침 공양을 마치자마자 묘덕은 출타하셨다. 돌아오시기 전에 나는 고추를 죄 다듬어서 마당에 너는 작업을 끝냈다. 허약해도 바지런해서 뭐든 직접 해야 하는 묘덕의 수고를, 나는 그렇게라도 덜어주고 싶었다. 접었던 몸 구석구석을 파고들며 어루만지는 가을볕 등살에 나는 그만 앉은자리에서 일어섰다. 긴 팔 다리를 쭉 펴며 기지개를 폈다. 그러다가 기척 없이 와서 암자 마당에 서있는 남자와 눈이 마주쳤다.

에구머니나. 내가 소리를 지르며 급히 팔다리를 모으자 그가 다가

서며 물었다.

놀라셨군요. 저는 불화(佛畵)를 그리는 사람입니다. 묘덕께서 찾으신다 해서 왔습니다만, 어디 계십니까.

예, 큰 스님의 말씀을 구하러 흥덕사 가셨습니다. 오실 때가 다 되었습니다.

그럼, 기다리겠습니다.

그는 짊어지고 있던 바랑을 툇마루에 내려놓고 걸터앉았다. 나는 공양간에 들어 쌀을 씻으며 남자를 훔쳐봤다. 시원한 이마와 짙은 눈썹이 제일 먼저 눈에 들어왔다. 끈으로 묶은 긴 머리카락이 푸르도록 검었다. 그는 암자에 들었다가 사라지는 댓바람 같아 보이지 않았다. 단청을 보는 건지 풍경을 보는 건지, 시선을 허공에 둔 채 그가 엷은 미소를 짓고 있었다. 마당은 온통 붉은 고추밭이었고 가을 해가 암자 꼭대기에 걸려 있었다. 나는 아끼는 버섯을 죄다 내서 씻으며 묘덕을 기다렸다.

이제 묘덕 앞에 무릎을 꿇고 두 손을 모아 올리자마자, 나는 말했다. 서방님의 행방이 묘연합니다.

제 서방을 친정에 와서 찾는 어리석은 계집이 어디 있누. 묘덕의 대답은 싸늘했다.

서방님이 사흘 전에 묘덕을 뵙고 오겠다고 나갔는데, 여태 기별이 없어 왔습니다. 암자에서 스님의 가르침을 구하며 수행을 하시나, 그리 생각했습니다. 내 목소리에 울음이 섞였다.

그래, 네 서방이 내게 왔었다. 제행무상(諸行無常)이거늘, 찾아와서 허망한 소리만 잔뜩 늘어놓았다.

나는 묘덕의 말씀 중에 허망을 붙잡고 쓰러질 것 같은 심정을 애써 감추며, 물었다. 서방님이 무슨 이야기를 했습니까.

네 서방은 그림 이야기를 했다. 재난에도 소멸하지 않는 그림을 그리고 싶다고 하더구나. 허! 묘덕은 혀 차는 소리를 내며 이어 말했다. 제가 그려온 탱화들은 물론 이 암자의 벽화 또한 세월이 가는 대로 빛바래고 사라질 것이 두렵다고 했다.

그날, 출타했던 묘덕이 돌아와 기다리고 있는 화공을 몹시 반겼다. 나는 마련한 공양을 정성껏 올렸고, 묘덕의 방에 함께 앉아 차를 따랐다.

묘덕이 찾았던 연유를 듣고 나더니 그가 대답했다. 스님, 제가 탱화를 하지만 줄곧 종이와 삼베에 그려왔습니다. 나리님들의 비단 한 폭에도 붓질하지 않는 제가, 감히 법당 벽에 불화(佛畫)를 그릴 수 있겠습니까.

묘덕이 말했다. 내 그래서 화공께 청을 넣는 것이오. 비록 작은 암자지만 내 평생의 불심이 깃든 곳입니다. 아무에게나 그것을 그리게 할 수 없는 노릇이지요. 화공께서 그린 불심이 장안의 거친 베 조각에도 살아서 돌아다닙니다. 중생이 곳곳에서 산부처를 만나는 셈이지요. 내가 원하는 이 암자 법당의 불화도 바로 그런 것입니다.

이것 참…… . 그는 여전히 묘덕 앞에 예의 바르게 앉아 있었지만

난처해하는 기색이 역력했다. 그렇다고 작업이 자신 없어 보이지는 않았다. 나는 묘덕의 간절한 얼굴을 살피다가 그만 불쑥 끼어들었다.

제가, 제가 거들겠어요.

묘덕이 나를 바라보며 뭐라 말하려다 그만두셨다. 바람이 풍경을 살짝 두드리며 지나갈 뿐 고요한 시간이 흘렀다. 화공은 찻잔을 다 비우는 동안 대답이 없었다. 마침내 그가 찻잔을 내려놓으며 말했다. 암자의 법당을 보겠습니다.

나는 다기(茶器)를 치우는 것도 잊은 채 바람처럼 일어섰다. 그리고 화공을 법당으로 안내했다. 그곳은 작고 정갈하며 쓸쓸했다.

묘덕이 빙그레 뜻 모를 미소를 지으며 그와 나를 지켜보고 있었다.

화공이 암자에 머무르는 동안, 나는 약속했던 대로 그를 거들었다. 법당에 들기 전에 그는 반드시 암자 아래 계곡을 다녀왔고, 젖은 머리카락이 다 마르도록 불전에 절을 올렸다. 시리도록 푸른 옷을 입고 말과 표정을 멈춘 그가, 나는 어쩐지 슬퍼보였다.

초내기를 하는 동안 밑그림이 내게 왔다. 얇은 화선지와 가는 붓을 준비해서 화공께 갔다. 함께 화본을 만드는 동안 나는 그의 흰 얼굴과 마주했고, 가느다란 손가락이 서로 닿았다. 그럴 때마다 나는 얼른 숨을 삼켰다. 다행히 화공은 온통 그림에 집중해 있는 듯했다.

나는 그가 나무를 엮어 벽심을 만드는 동안 법당 밖으로 나왔다. 어두운 마당에 서서 찬 공기를 마셨다. 암자에 화공이 들었던 날 밤에 비어있던 하늘에는 초승달이 걸려있었다. 벽화를 다 완성하고 나면 그의 붉은 입술 끝에 저 달 모양의 미소가 걸릴까. 나는 가슴 위에 두 손을 모은 채 직지가 담긴 낮은 탑을 한 바퀴 두 바퀴, 자꾸 돌며 생각했다. 한 번은 묘덕의 건강을 위하여 나무아미타불, 다음은 어미를 그리는 석찬을 위하여 나무관세음. 이제 벽화를 그리고 있는 그의 안녕을 위하여 자꾸 자꾸 나무아미타불 나무관세음.

네 서방은 그 다음에 정작 품고 있었을 네 소리를 했다. 묘덕은 서방님이 했던 말을 내게 전하며 자꾸 노여워하고 있었다. 서방(西方)의 파리라는 곳으로 떠나는데 네가 걸림돌이 된다고 하더구나. 거길 가야 기름물감으로 그림공부를 제대로 할 수 있다나, 뭐라나, 허! 너를 내게서 데려갈 때 제가 받았던 소리는 까맣게 잊은 게야.

나는 묘덕의 노여움 앞에 고개를 숙인 채, 그의 고백과 나의 출가(出嫁)를 찬찬히 기억했다. 어스름이 내려앉을 무렵에야 공양간에서 나오는 나를 붙잡고 화공이 말했다. 벽화를 채색하기 전에 낭자가 나를 도와주셔야 할 일이 또 좀 있습니다. 내일 해가 뜨면 법당에 들어주십시오.

이튿날 법당에 들어보니, 화공은 벽면에 백토를 입혀서 황토로 바탕칠까지 끝낸 상태였다. 나는 눈이 휘둥그레지며 생각했다. 그는 베 조각에 탱화를 그리며 다닐 뿐, 벽에 불화를 감히 그릴 수 없다고 하지 않았던가. 그런데 작업이 진행되어 가는 과정은 벽화를 그리는 것에 숙련된 사람처럼 빠르고 깔끔했다. 이제 구멍을 뚫어둔 화본을 벽에 대고, 그는 분주머니를 두드려 보였다. 벽면에 그림의 윤곽을 표시하는 작업이었다.

어렵지 않지만, 하고 화공이 입을 열었다. 그는 분주머니를 내게 쥐어주고 법당 문을 열고 나가며 겨우 마저 말했다. 내가 두드리면 낭자의 얼굴에 화장(化粧)하는 것만 같으니, 불경스러워 도저히 못하겠습니다. 화공이 사라진 문을 한참 바라보고 서 있다가, 나는 벽을 두드렸다. 간간 달아오른 뺨을 벽에 대고 식히면서 작업했다.

적·황·청·녹색 안료를 마련해서 법당 안으로 다시 들어간 화공은 소식이 없었다. 음식을 담아 문 앞에 두면, 한참 뒤 빈 그릇만 놓여 있는 것을 보고 그의 안부를 확인했다. 산나물과 된장 외에 제대로 된 찬을 상에 올리고 싶어도 끼니때마다 마음뿐이었다. 나는 도라지와 감초를 우려낸 물을 묘덕께 올리고, 소매를 걷어 올렸다. 그리고 잘 말린 붉은 고추를 종일 가루 내어서 김치를 새로 담갔다. 배추 외에 무와 갓, 오이도 다듬어서 버무렸다.

초승달에 살이 오르며 실해지더니 점점 밤하늘에 윤이 났다. 사위가 빛으로 충만한 어느 날 밤, 법당 문이 조용히 열렸다. 화공은 밖으로 나오자마자 묘덕의 방에 들었고 무릎을 꿇었다. 나는 얼른 따듯한 차를 내왔다. 묘덕이 눈을 감으며 화공에게 물었다.

그래, 벽에 무엇을 그리셨습니까?

다 그렸지만 마음이 편치 않습니다.

편치 않다는 그 마음을 어디 가져와 보세요.

그는 주위를 두리번거리다가 나와 눈이 마주쳤다. 눈자위가 움푹 패어 피로한 기색이 역력했지만, 화공의 눈동자는 불화를 그리기 전보다 빛이 났다. 그는 내 시선을 피하지 않고 저 달처럼 환하게 웃어 보였다. 그러더니 묘덕께 대답했다.

스님, 찾아보니 바로 여기에 있었습니다.

됐습니다. 이제 화공께선 마음이 편안해졌고 나는 마음이 편치 않게 되었습니다. 묘덕은 그렇게 말씀하시더니 나를 쳐다보며 한숨을 쉬었다. 나는 선문답 같은 그들의 대화가 무엇을 뜻하는지 알고 싶어 숨을 죽이고 앉아 있었다. 다시 화공이 머리를 숙이며 입을 열었다.

스님, 한쪽 팔을 잘라 바치라면 그렇게 하겠습니다.

묘덕이 고개를 저으며 대답했다. 화공께서 '혜가단비도(慧可斷臂圖)'를 몸과 마음으로 다 그리셨으니 모든 것이 부처님의 뜻입니다. 바치고자 하는 그 팔은 불쌍한 저 아이에게 주세요. 지금의 그 뜻을 평생 나누며 잘 살아가세요.

화공이 법당 벽에 그린 것은 달마와 혜가였다. 입문을 위해서 혜가가 구한 것은 달마의 가르침이었고, 오직 그것 때문에 혜가는 자신의 팔을 잘라 달마께 바쳤다. 나는 문득 다 알아들어버린 두 사람의 선문답에 어쩔 줄 몰라 했다.

화공이 일어서며 합장했다. 그리고 묘덕께 다시 말했다. 가시버시 하며 살되 자주 가르침을 구하러 스님께 오겠습니다. 그러나 어느새 묘덕은 벽을 향해 돌아앉아 있었다.

화공은 소리 없이 눈물을 쏟고 있는 내 손을 찾아 잡고 묘덕의 방문을 나섰다.

나는 화공에게 손목이 붙잡힌 채 낙엽 쌓인 산길을 정신없이 내려왔고, 고목을 몇 그루 돌아 그의 집에 닿았다. 울타리 안에 서있는 굵은 나무에서 톡톡 잘 익은 은행이 떨어지고 있었다. 화공은 아궁이에 불을 넣자마자 나를 아랫목에 앉혔고, 바랑 속에서 안료통을 끄집어냈다.

호분(胡粉)은 대합을 갈아서 만들고, 연지(臙脂)는 잇꽃의 꽃잎으로 만듭니다. 화공은 그렇게 말하며 내 얼굴을 두드리고 입술을 칠했다. 그렇게 단장을 마쳐주고, 그는 내 앞에 반듯하게 앉았다. 그리고 띄엄띄엄 짧지 않은 이야기를 시작했다.

낭자, 오래 전에 말입니다. 평생 절에 벽화를 그리며 살아온 화공이 한 분 계셨습니다. 그분에게 불화는 자신의 모든 것이었습니다. 제일 아끼는 벽화가 그려진 절에서 그분은 손님처럼 살았어요. 향나무 냄새가 그윽한 절이었습니다.

어느 날, 그 절에 큰 불이 났어요. 그분은 자신이 그린 벽화 위에 몸을 덮었습니다. 나무가 숯이 되듯 벽화도 새까맣게 타들어갔지요. 지금 그 절은 다 타버려 흔적만 남았고, 벽화의 일부가 사람 형태처럼 남아있습니다. 그런데 낭자, 다행인지 불행인지 그분에게 아들이 하나 있었습니다. 그분의 평생에 아들이란, 절에 그린 벽화만 못한 존재였어요. 그런데 아들이 아버지께 배운 것이 온통 불화뿐이었습니다.

　남의 이야기처럼 담담히 하던 그의 눈에, 마침내 물기가 돌았다. 내 마음 밭도 비를 맞은 양 젖어들었다. 화공의 아들인 그가 이어 말했다. 묘덕의 암자 벽에 그렸던 것은 낭자에 대한 나의 마음이었습니다. 불화가 아니라 미인도였습니다. 어제의 그림은 변색되고 소멸되기 십상입니다. 나는 그런 것에만 인생을 바치고 싶지 않아요. 이제 낭자가 영원히 내 각시가 되어주십시오.

　아랫목의 온기 때문인지, 몸이 달아올랐다. 나는 뭐라 화답하지 못한 채, 말을 마치고도 열려있는 그의 입술에 가만히 손가락을 올렸다. 불처럼 뜨거웠다. 그가 내 손을 입술에서 거두어 자신의 가슴 위에 놓았다. 그 안에서 누가 목탁을 두드리는 듯했다. 울림은 내 손 끝에서 봉긋한 가슴까지 빠르게 전해져 왔고, 마침내 고막을 울리는 소리가 되는 듯했다. 나는 그만 정신이 아뜩해져 눈을 감아버렸다. 그러자 뜨거운 것이 내 이마와 입술에 거푸 와 닿았다. 그의 입술이었다. 그것은 목덜미에 닿았다가, 어느새 풀린 저고리 앞섶을 헤치고 젖가슴에 왔다.

　나는 세상에 태어나 처음으로 누군가에게 젖을 물리며 길게 누웠다. 꼭지를 빨릴 때마다 아랫배가 저릿해 왔다. 그 느낌을 아는 것처럼 그의 손이 내 아랫배를 쓸더니 속바지가 벗겨졌다. 이내 혀가 음모를 헤집었다. 나는 화들짝 놀라 화공의 머리를 밀며 허리를 틀었고, 그가 내 손을 찾아 부드럽게 잡았다. 그는 천천히 내 손바닥을 쓸며 다시 입술을 포갰고, 입술보다 뜨거운 것을 내 사타구니 속에 넣었다. 그것은 내내 깊숙이 감추어두었던 그의 욕망이었다.

그가 몸을 움직이는 대로 나는 숨이 가빠지기 시작했지만, 잠시 묘덕의 몸을 떠올렸다. 정기적으로 온몸의 털을 다 밀어버리면서, 내 것마저 그리 하지 않은 묘덕께 감사했다. 머리맡에 한 자루의 양초가 녹아내리며 미미하게나마 어둠을 밝히고 있었지만 아무것도 태우지 않는 화공의 불꽃은 점점 나의 의식을 앗아갔다. 깨기가 두려운 밤이었다. 내가 세 번째 정신을 차렸을 때, 화공은 잠들어 있었다. 나는 손가락을 세워 그의 손바닥에 썼다, 夫.

나는 묘덕의 방에 앉아있는 것도 잊고 아아 서방님, 하고 나지막이 그를 외쳤다. 그러나 싸늘한 묘덕의 목소리가 나를 깨웠다. 어리석은 것! 네가 마음에 걸릴 뿐, 네 서방은 까마득한 곳으로 떠나고 싶어 하지 않느냐. 지금 그는 허망한 바람을 맞은 게야.

예, 실은 보름 전에 흥덕사에서 누가 서방님을 찾는다고 석찬이 왔었습니다.

그랬다, 석찬이 은행나무 아래서 서방님을 불렀다. 대낮이었지만 우리는 알몸이었고 서로의 몸에 변치 않을 사랑을 그리고 있는 중이었다. 나는 아이처럼 까르륵거리며 붓에 기름먹을 담뿍 발랐고, 그의 벗은 엉덩이에 자꾸 글자를 썼다. 그리고 말했다. 흥덕사에서는 큰스님 말씀을 쇠 글자로 만들어서 기름먹으로 찍어 낸대요. 향나무

절은 활활 타버릴 수 있어도, 쇠 글자는 천 년이 가도 사라지지 않는 댔어요, 묘덕께서 그것은 천상의 공양 같은 것이라 했습니다.

그가 돌아앉아 내 젖가슴에 얼굴을 묻었다. 온몸이 기름먹으로 범벅이 되든 말든, 나는 긴 다리를 들어 올려 서방님의 몸에 매달렸다. 석찬의 애타는 목소리를 들은 것이 바로 그때였다. 우리는 다급히 옷을 챙겨 입었고, 문을 열었다. 서방님이 물었다. 작은 스님, 무슨 일입니까?

석찬이 반가운 낯으로 나를 한 번 쳐다보더니, 이내 대답했다. 다름이 아니라 흥덕사에 외인이 들었습니다. 서방(西方)에서 오신 상전이에요. 직지로 큰스님 말씀을 공부하다가 화공님의 불화를 보고 감탄하고 있습니다. 공작새처럼 차려입은 여자 분이 화공님을 꼭 만나보아야겠다면서 간절히 찾아요.

서방님은 옷고름을 고쳐 매며, 일없다고 했지만 석찬이 울먹였다. 화공님, 같이 가주시지 않으면 제가 큰스님께 꾸지람을 들어요. 서방에서 오신 나리님의 가방에 오만 가지 색깔의 기름먹이 잔뜩 들어 있습니다. 화공님이 다녀만 가시면, 그것들을 몽땅 흥덕사에 시주할 거라 들었습니다.

나는 발을 동동 구르며 말하는 석찬의 모습이 측은해 보였고, 직지를 찍어내는 흥덕사 창고에 기름먹이 잔뜩 쌓이는 풍경을 머릿속에 그렸다. 해서 나는 미소를 띠고 그를 부추겼다. 서방에서 서방님을 찾는다지 않습니까, 어서 다녀오세요.

서방님은 마지못해 신을 챙겨 신었지만 나도 함께 가길 원했다. 그러나 나는, 흥덕사에서 은행을 줍듯 나를 거두는 묘덕스님을 떠올렸을 뿐 따라나서지 않았다. 같은 청주 땅이라도 내 고향은 큰스님의 가르침처럼 어렵고 멀게만 느껴졌다. 나는 날이 추워지기 전에 묘덕의 암자에 한 번 다녀와야겠다고 생각했다.

묘덕은 가만히 나를 바라보고 계시다가 답답한 듯 다시 말했다. 흥덕사에 파리에서 여자가 왔다는 것을 나도 알고 있다. 금속판에 기름물감을 칠해서 직지를 오만가지 색깔로 찍어보겠다고 요망을 떤다는 소리도 석찬에게 들었다. 문제는 네 서방이다. 오늘의 바람이 서쪽에서 불어온다고 해서, 내일의 제 갈 길을 어찌 서방(西方)에서 찾으려 하느냐.

서방님은 날이 저물기 전에 집으로 돌아왔다. 은행나무 아래에 서서 달뜬 목소리로 나를 불렀다. 내다보니 불화 한 점을 완성하기 직전처럼 그의 눈이 빛났다. 방으로 들어서자마자 그는 말을 쏟았다. 서방에 말입니다. 그림의 땅이 있습니다.

나는 그에게 물을 한 잔 건넸다. 그림의 땅이라니, 무슨 말씀입니까.

그러니까, 천 년 전의 그림도 목숨처럼 귀히 여기는 사람들이 모여 사는 마을이 있다고 해요. 오늘 내가 만난 사람의 고향이, 예서 까마득히 멀기는 하나 바로 그렇다고 합니다. 내가 그린 그림들을 갖고 싶어 해서, 그래라 했습니다. 그림 뒷면에 천을 바르고 잘 꾸며서 마을 사람들에게 보인다 합니다. 그리고 오래오래 잘 보관할 것이라 하더군요. 그런 마을에서 사는 사람들이 참으로 부럽습니다.

나는 새벽까지 잠들지 못했다. 곁에서 몸을 뒤척이며 한숨을 쉬는 서방님 때문이었다. 날이 밝을 무렵에야 잠이 든 그의 얼굴을 나는 오래오래 들여다보았다. 산을 넘고 바다를 건너는 꿈을 꾸는 건지, 서방님의 감은 눈이 자주 흔들렸다. 이미 그의 그림은 이 방 벽에 걸렸고 내 치마에 물들었으며 몸과 마음에 다 새겨졌다. 그의 머리맡에 놓여있는 낡은 바랑은 기름먹과 돈으로 묵직했다. 까마득한 그림의 땅으로 가는 길의 노자같이 느껴졌다.

여기까지 기억을 되새기다가, 나는 결국 묘덕 앞에서 굵은 눈물을 훔쳤다. 스님을 뵙고 나서 서방님은 집으로 오지 않았습니다. 지금 어디에 계신지 도저히 모르겠습니다.

묘덕은 한층 더 낮은 목소리로 대답했다. 눈물은 거두어라. 네 서방은 지금쯤 붓을 들고 흥덕사 대웅전에 들었을 거다.

아아, 나는 안도의 한숨과 함께 저절로 비명이 터져 나왔다. 묘덕이 말을 이었다.

네 고향집이고 위대한 영웅을 모신 방이다. 그곳의 영웅이 싸운 적도 없고 이긴 적도 없거늘, 어째서 위대한지 네가 정녕 모르느냐. 네 서방이 벽화를 완성할 때까지 만날 생각은 하지 말거라. 스스로 다 떨치고 나올 때까지 돌아가서 기다려라.

나는 눈물을 닦고 일어서며 말했다. 기다리고만 있지 않겠습니다. 흥덕사로 가겠습니다. 가서 그를 찾아서 다시 오겠습니다. 무엇보다도 제 서방님이니까요. 그리고 나는 묘덕께 진심으로 큰 절을 올렸다.

글자를 가르칠 때처럼 묘덕이 내게 무릎걸음으로 다가오시더니 웅얼거렸다. 아가, 너는 네 서방이 공작 꼬리 깃에 혼이 다 나가도록 무얼 했느냐? 안사람이 되어 무얼 하고 있었더냐.

다시 묘덕 앞에서 눈물을 쏟기 싫었다. 해서 나는 얼른 돌아섰다. 어머니, 어머니. 속으로만 그리 아뢰고 나는 흥덕사로 향했다.

흥덕사가 묘덕의 암자에서 그리 머지않은 줄 알았다. 그런데 얼마나 더 산길에서 발품을 팔아야 할지, 나는 가늠할 수 없었다. 진즉 뱃속이 텅 비었고 입술에서 입천장까지 갈증으로 타들어가는 것을 느꼈지만, 서방님을 그리며 걷고 또 걸었다. 허기로 지쳐서 온몸의 감각이 무뎌졌을 때, 나는 목탁 소리를 들었다. 그것은 바람을 일으키며 향내처럼 퍼졌다.

발밑의 풀이 엎드렸고 곁에 선 나무가 가지를 추슬렀다. 소리는 땀으로 젖은 내 등을 가볍게 두드리다가 부르튼 발을 어루만졌고, 동시에 이마를 쓸어주었다. 그것은 아뜩해지는 정신으로부터 내가 영영 동떨어져 나오지 않게 했다. 마치 무수한 점으로 원을 이루듯 소리의 분절(分節)은 연속되면서 둥그렇게 산중(山中)을 채웠다. 나는 시간을 잊은 상태로 목탁소리에 의식을 맡긴 채 쉼 없이 걸음을 옮겼다.

마침내 눈앞에 설원 같은 밭이 펼쳐졌다. 구름과 구름이 몸을 뭉치며 기둥의 형상으로 일어서기 시작했고, 그것들 사이로 목적지였던 흥덕사가 보였다. 희고 차가운 구름 일주문을, 나는 꿈결처럼 통과했다. 그러자 곧 석찬이 보였다. 작은 스님!

석찬은 나를 보자마자 달아날듯 뒷걸음질 쳤다. 내가 다시 외쳤다. 작은 스님, 서방님은 지금 어디 계십니까.

내가 제 앞에 닿자, 석찬이 풀썩 주저앉았다. 그리고 하는 대답이 이랬다, 저 때문입니다.

나는 불안을 감추지 못하며 급히 되물었다. 작은 스님, 석찬아! 서방님이 지금 어디에 있는 겁니까.

석찬은 몸을 떨었고, 문 열린 대웅전을 가리키며 더듬었다. 큰스님께서 절대 문을 열지 말라고 하셨는데. 화공께서 벽화를 다 그리실 때까지, 아무도 대웅전을 들여다봐서도 아니 된다고 하셨는데.

나는 어린 석찬 앞에 쪼그리고 앉았다. 제발 자세히, 차분히 말씀을 해 보세요 작은 스님.

달도 없는 밤에 공작(孔雀)을 닮은 부인이 석찬에게 다가왔다. 화공을 잠시 보게 해주시오.

석찬이 단호히 답했다. 대웅전 벽화를 그리고 있습니다. 완성할 때까지 기다리셔야 합니다.

공작부인이 다시 말했다. 나는 곧 파리로 출발합니다. 이것을 화공이 조금만 드셔도 기운이 배가 될 것이오. 저렇게 혼자 밤낮으로 그리다가는, 에구 쓰러지실라.

석찬은 공작부인의 손바닥 위에 놓인 것의 정체가 궁금했다. 그것이 무엇입니까.

그녀가 웃으며 답했다. 무엇에 비할까요, 산삼의 효능을 가졌다고 할까. 옳거니, 작은 스님이 먼저 조금 맛보면 되겠소. 공작부인은 은빛 포장을 풀더니 속에 든 살색 덩이를 꺼냈다. 그리고 그것을 긴 손톱으로 한 조각 잘라 석찬의 입에 넣어주었다. 자, 맛이 어떻소?

석찬의 입 속에 맛보다 향이 먼저 퍼졌다. 순한 짐승이 뛰노는 목장이 펼쳐졌고 꿈에 그리던 엄마가 거기 서있었다. 이것에서 엄마 냄새가 납니다.

공작부인이 다시 웃으며 말했다. 그렇다면 이것은 덩이째 작은 스님에게 주겠소. 아무래도 화공껜 새것을 드려야겠지. 자, 문을 열어보시오. 작은 스님은 화공의 안부가 궁금하지도 않소?

석찬은 그 향긋하고 부드러운 살덩이를 받아들었고, 화공을 불렀다. 몇 차례 불러도 그로부터 대답이 없자 걱정이 되었고, 와락 겁이 났다. 공작부인의 말대로 그저 그가 잘 있는지 확인만 하겠노라 마음먹었다. 대웅전 문고리를 살며시 잡고 천천히 당겼다. 보름달 같은 석찬의 얼굴이 어둠 속을 비추었다.

화공은 푸른 옷을 입었고, 입에 붓을 물고 있었다. 그는 곧 달빛에 눈이 부신 듯 상을 찡그리며 일어섰다. 그리고 파랑새처럼 가볍고 빠르게 대웅전을 빠져나갔다. 화공이 떨어뜨린 붓을 주워들고 석찬이 황급히 뒤를 쫓았지만, 그가 사라진 쪽은 칠흑 같은 어둠 속이었다. 대웅전 앞에 서있던 공작부인도 온데간데없었다.

나는 말을 마친 석찬 앞에서 천천히 몸을 일으켰다. 그리고 고향 집의 위대한 영웅을 모신 방을 처음 들여다봤다. 안은 캄캄했고 서방님이 그 벽에 그리고자 했던 그림의 시작이 무엇이었는지 짐작조차 할 수 없었다.

서방님은 불화를 그리면서 왜 정작 부처님은 그리시지 않는지 궁금해요. 내가 그리 물으면 그가 이렇게 답했다.

나는 영원한 그림을 그리고 싶은데 사람의 힘으로 도저히 그릴 수 없는 것 같습니다. 내가 그린 것은 비바람의 시기로 지워졌거나 불장난에 사라진 것도 있어요. 사람이 영원을 그릴 수 없는데, 내가 어떻게 감히 부처를 그릴 수 있겠습니까. 그렇게 다시 서방님을 되새기며 서 있다가, 나는 석찬에게 말했다.

파리로 가신 서방님을 내가 글자로 그리겠습니다. 내 작은 이야기를 큰스님의 말씀처럼 부디 쇠 글자로 만들어서 조판해 주어요. 그리고 오래오래 널리 세간에 퍼뜨려야겠습니다. 나는 그를, 다시 찾고야 말겠습니다.

흥덕사 욕간에서 나는 치마저고리를 벗었다. 그리고 기름먹으로 범벅이 되어있는 몸을 깨끗이 씻어냈다. 화공의 푸른 옷으로 갈아입고, 나는 대웅전 앞에 다시 섰다. 석찬은 화공이 떨어뜨리고 간 붓을 내 손에 쥐어주었다. 나는 이제 숨 막히는 침묵 속으로 성큼 들어섰다.

등 뒤에서 천천히 문이 닫혔다. 내가 글자본을 다 완성할 때까지, 석찬은 물론 묘덕도 대웅전 문을 열지 않을 것이다. 앞서간 서방님처럼 나도 새가 되어 날아가지 않을까 두렵기는 모두가 마찬가지일 테다. 이제 저 문을 열 수 있는 사람은 지극히 그를 찾고 싶은, 나 자신뿐이다.

노숙자지도
(露宿者之道)

왕국에는 다시 평화가 깃들었지만
여왕의 코기는 유기견이 되고 말았다는 이 이야기는,
웃기게도 비극이다.

노숙자지도(露宿者之道)

광장에 햇살이 비둘기처럼 내려앉는다. 시청 미화원이 바닥을 비질하며 부산히 움직이는 대로 비둘기들 발놀림도 바쁘다. 미처 쓸려가지 못한 부스러기, 먼지, 모래까지 부리 속에 부지런히 담긴다. 모가지를 한껏 빼낸 모습으로 비둘기들이 줄지어 전진한다. 자꾸 기우뚱거리는 몸의 중심을 바로 잡으려면, 놓친 것에 미련 없어야 한다. 내가 놓친 것은 네 차지다. 앞서거니 뒤서거니, 사이좋게 행진한다.

오늘도 한씨는 모이 쪼는 비둘기 무리를 어제처럼 유심히 바라보고 있다. 어제 그는 저 비둘기 처지가 자신보다 훨씬 나은 것 같다고 말했다. 부러운 건 모래주머니와 날개이지, 비둘기가 되고 싶은 것은 아니라고 덧붙였다. 나는 한씨에게로 안녕하십니까 하고 인사를 건네고, 그가 햇살을 정면으로 본 듯 얼굴을 찡그리며 웃는다. 한씨 뒤에 서서 꽁초를 빨던 구씨가 아는 척 하며 손을 들어 보인다. 나는 그에게도 목례한다. 광장에서 이미 몇 번씩 마주쳤고 안면 튼 사람들이기에, 다 반가운 인연이다.

등받이 없는 벤치에는 은발의 사나이가 다리를 꼬고 앉아있다. 말쑥한 차림새에 반짝이는 구두까지 신고 있어 매번 눈에 띄는 자이다. 나는 사나이가 '고참'이라는 것만 '그'를 통해 들었을 뿐 아직 정식으로 소개 받지 못했다. 이 사나이는 로또 복권의 번호를 고르느라 또 무아지경(無我之境)에 빠져있는 중이다. 햇살마저 살짝 비켜가는 듯하다. 나는 고참의 사색에 방해가 되지 않도록 최대한 공손히 은발 앞을 스쳐 지난다.

저렇게 번호부터 다 찍어놓고 나서 돈을 구하고 복권을 사는 것! 이것이 바로 유비무환(有備無患)의 태도이며 당첨 발표 날까지 희망 있는 삶을 사는 방편이라고, '그'가 내게 일러 주었다. '그'의 인맥과 가르침은 내게 자신감과 동료의식을 심어준다.

인생에 아름다움은 있다. 그것은 순식간에 사라지기 일쑤다. 그렇다고 해도 삶의 질서는 여기에도 널브러져 있다. 바야흐로 나는 노숙자를 지망하면서 그들 삶의 언저리를 맴돌고 있다. 그렇지만 나는 부끄럽게도 아직, 이슬을 맞으며 잠자는 경지에 도달하지 못했다.

'그'와 처음 만나게 된 것은 시월의 마지막 날 밤이었다. 그래서 잊을 수가 없는 것이 아니라, 하루 종일 썩은 생선 때문에 내가 패대기쳐지는 날이었기 때문이다. 매달 죽어서도 폼 나게 군수기지 사령부로 줄서 들어가던 내 시퍼런 생선들이, 눈부신 시월의 어느 날엔가 썩은 내를 풍기며 거기 닿았다. 나는 인맥의 새끼줄을 엮으며 힘겹게 거기까지 올라갔던 거고 외줄타기 곡예를 하며 마침내 붙잡았던 납품 관계자 앞에 그래서 무릎을 꿇었다. 내가 모르는 사이에 아랫놈들이 한 번 실수한 거라고, 그러니 한 번만 살려달라고 눈물까지 짰다. 그러나 군수기지 사령부의 사령관은 아니었지만 보통 관계자는 아닌듯한 털보가 버럭 했다. 감방 신세 면한 걸 다행으로 여겨.

나는 국력(國力) 같은 군인의 체력에 의도와 상관없이 테러를 가한 꼴이 되었고, 어마어마한 피해보상액이 적힌 공문 한 장을 최후통첩 받았다. 손님 없는 포장마차에 자리 잡고 앉아서 저녁 내내 소주만 들이키다가 나는 자꾸 구역질을 했다. 취해서가 아니라 석쇠 위에서 시커멓게 익고 있는 고등어 냄새 때문이었다. 포장마차를 나와도 자꾸 비렸다. 비린내는 내 몸에서 나는 것 같았다. 지하철 타는 것을 포기해버리고 집보다 가까운 기차역 광장을 향해 걸었다. 역사(驛舍)와 제일 가까운 곳에 위치한 벤치에 앉아서 등받이에 몸을 기댔고, 시월의 마지막 날 밤공기에 짙은 비린내를 보탰다. 집에 가서 뭐라고 설명하고 해명할 지에 대하여, 나는 다리 사이에 머리를 처박은 채 생각하고 또 생각했다.

선생님 소주 좀 사요.

예?

나와 비슷한 또래로 보이는 '그'가 눈앞에 서 있었다. 제법 단단해 보이는 체구였지만 하체가 우스꽝스럽게 짧았고, 차림새가 지저분하지는 않았지만 빛이 바랜 등산배낭을 메고 있었다. '그'는 손에 들고 있던 종이박스를 내 옆에 깔며 다시 말했다.

선생님, 여기 제 자리예요.

나는 기가 막혀서 벌떡 일어섰다. 그러나 '그'에게 버럭 할 기운은 없었다. 그것이 나를 슬프게 했다. 예, 두 병 사면 충분하겠습니까.

감사합니다. 선생님은 노숙자가 아니신 것 같은데, 노숙자의 도(露宿者之道)를 잘 아시는 분 같아요.

그렇게 시월의 마지막 날 밤에 '그'와 나의 인연은 시작되었고, 오늘은 내가 노숙자의 도를 체득하는 우리의 일곱 번째 약속 날이다.

노숙자가 아닌 듯 하지만 노숙자의 도를 잘 아는 것 같다고 '그'가 나를 인정했던 말에 대하여, 사소한 일에 버럭 하지 않은 것에 대한 칭찬일 것이라고 나는 긍정적으로 생각하기로 했다. 그런데 그것이 어째서 노숙자지도(露宿者之道)가 되는 것인지, 내심 궁금했다. 우리가 다시 만났을 때, '그'는 나를 누군가에게 데려갔다. 형, 좋은 선생님 한 분이 광장에 나오셨어요, 인사 나눠요! 한 손에 주워 담은 몇 개의 꽁초를 다른 손으로 하나 집어서 빨고 있던 키 큰 노숙자가 수줍게 웃으며 자신을 구씨라고 소개했다. 나는 악수 대신 반쯤 남아있을 담뱃갑을 꺼내 얼결에 구씨에게 건넸다.

와우! 코기, 정말 좋은 선생님 한 분이 광장에 나오셨구나. 그러면서 구씨는 노란 이를 다 드러내며 나를 향해 웃었고 담뱃갑을 호주머니에 넣자마자 얼른자리를 떴다. 멀어지는 구씨의 뒷모습을 바라보던 '그'가 덤덤히 입을 열었다.

몇 년 전 얘깁니다, 선생님. 어느 날 저는 광장에서 꽁초를 빨고 있는 구씨에게 진심으로 충고 했어요. 여보세요, 담배 끊으면 끊었지 꽁초를 줍진 마셔요. 집에 못 들어간다고 어디 다 거집니까.

딱 담뱃불이 꺼질 때까지만 참았던 구씨가 '그'를 향해 번개같이 주먹을 날렸다. '그'는 넘어졌고, 곧 구씨의 신발 바닥에 얼굴이 뭉개졌다. 인근을 순찰 중이던 경찰관이 누군가의 신고를 받고 달려와서 뜯어말릴 때까지, 보기보다 묵직한 구씨의 주먹은 사정없이 '그'를 갈겼다. 그럼에도 불구하고 당시 나처럼 노숙자 지망생이었던 '그'가 노숙자 구씨의 연행(連行)을 눈물 나게 뜯어말렸다. 덕분에 구씨는 아홉 번의 폭력 행위 등으로 만기 출소했던 목포 교도소로 돌아가지 않아도 되었고, 둘은 형제 부럽지 않은 사이가 되기로 합의했다.

그날 이후 구씨는 날마다 광장 벤치에 자리를 마련해서 '그'를 기다렸고, 그런 구씨의 성의가 고마워서 '그'가 빈손으로 광장에 오는 법이 없었다. 선물 같은 소주와 담배가 사연 많은 구씨를 자주 웃기거나 울렸고, '그'가 노숙을 하게 된다면 이 텃세 심한 광장에서 뒤는 다 구씨가 봐주기로 얘기 되었다. 몇 년 전 얘깁니다, 선생님.

또 그렇게 덤덤히 말하는 '그'에게, 궁금해서 미칠 것 같았던 내가 물었다. 왜 노형은 그렇게 얻어터지고 구씨의 연행을 반대했던 겁니까.

노숙자지도(露宿者之道) 183

예, 당시 저는 노숙자 지망생이었지만 언제라도 같은 처지가 될 수 있는 사람들끼리 싸우면 안 되겠구나 싶었어요. 그때 제가 강경한 태도로 처벌을 원했다면 구씨는 명백히 십 범이 되었을 거예요. 그래도 전과 구 범이 십 범보다는 아주 조금 낫지 않겠어요, 선생님.

"인생좌절은 폭력을 낳을 수 있지만, 폭력은 인생마감을 낳는다." 이것이 오늘 제가 드리는 노숙자지도입니다. 선생님께서 좌절에 좌절하여 광장의 노숙자 삶을 결심했을 때, 시비를 피해 가시고 싸움은 하지 마세요. 광장에선 폭력을 가장 경계 하세요. 그것은 상대방을 망가뜨리는 것이 아니라 자신을 망가지게 하는 겁니다. 선생님, 이제 소주 좀 사요.

19일은 휴일이니까 아침에 일찍 보자고 했던 '그'가, 오전이 되어도 모습이 안 보인다. 나는 역사에서 제일 가까우며 등받이가 있는 '그'의 벤치에 앉아있는 것이 슬슬 지겨워지기 시작한다. 복습을 위해 서너 가지 노숙자지도를 되새김질 하다 보니, 소 같은 아이들이 말썽을 피울 때마다 아내가 어김없이 앉히는 '생각의자' 같기도 하다. 나는 '그'를 처음 만났던 날밤 그때처럼 벤치에서 벌떡 일어선다. 그러나 발 앞에서 노닐던 비둘기들은 개의치 않는다. 비둘기 떼 속으로 성큼성큼 걸어 들어가서, 발로 땅을 굴러 본다. 비둘기들은 눈길을 주지는 않지만 귀찮다는 듯이 나를 피해 한씨에게로 종종 걸음 쳐간다. 한씨는 과자봉지를 열어서 비둘기 떼를 맞는다. 저렇게 따스한 사람처럼 보이는데, '그'는 '울보 한씨'라고 내게 소개 했다.

저 사람 한씨 자주 울어요, 선생님.

왜 웁니까?

아들이 보고 싶어서 울어요.

그렇게 보고 싶은데, 보러 가면 되죠.

짐승 같은 아비라, 자격에다가 면목까지 없어서 집에 못 간대요.

음, 하지만 아들은 자라면서 아버지를 이해하지 않겠습니까.

맞아요, 선생님. 그런데 자식의 마음과는 상관없이, 아버지라서 버티는 자기만의 마음 같은 거죠. 썩 불편한 마음이에요.

나는 짐승 같은 아비가 되어 광장에서 살아가는 울보 한씨의 마음을 알 것 같았다. 어제 저녁에 아내는 소 같은 아이들을 생각의자에 앉히고 한참 나무라다가 말꼬리를 돌려서 나를 개 취급하기 시작했다. 소처럼 개도 사람마냥 자식을 낳지, 새끼를 낳기만 하면 다인가? 만들었으면 다 클 때까지 책임을 져야지. 개가 새끼 책임지는거 봤니? 사람이 자식을 낳기만 하고 책임 못 지면 개와 다를 바 없는 거야. 아내의 말은 완벽하게 논리적이지는 못해도 확실히 구체적이었다. 그 말 속에서 주어(主語)는 분명히 내가 아니었지만, 아내의 눈길은 나를 향하고 있었다. 생각의자에 앉아있는 아이들의 눈도 나를 쳐다보고 있었다.

나는 반품되어 오는 동안 더 썩어버려 흐물흐물해진 생선 눈깔을 하고서도 아내를 사납게 노려봤다. 그러나 더 노려보고 있다가는 그

눈깔에서 짠물이 배어나올 것만 같아서 그만두고 돌아섰다. 곧 내 뒤통수에 대고 아내가 일갈했다. 자존심은 남아가지고설랑.

그 자존심이라는 것이 단순히 남한테 지기 싫어하는 마음이 아니라 타인에게 굴하지 않고 자신을 존중하는 마음이라고, 광장에서 '그'가 나를 위로 했다.

선생님, 바로 그것이 또 노숙자지도입니다. "인간관계의 거세를 위해서 자존심을 끝까지 사수한다." '그'는 짐승 같은 아비 축에 끼인 것만 같아서 갖게 된 나만의 마음을 붙잡고 거듭 부연 설명했다. 선생님께서 자존심을 버리면 어떤 관계가 가능합니다. 그러나 자존심을 지키면 아무 관계가 불가능합니다. 진정 노숙의 삶을 갈망하신다면 미친 듯이 그 자존심을 끝까지 고수 하십시오. 그래야 이슬 맞으며 편히 주무실 수 있습니다.

이것 봐, 자네 오늘도 코기를 기다리는가? 반짝이는 구두가 '그'의 벤치 앞에서 걸음을 멈추며 그렇게 물어온다. 코기, 그리고 보니 구씨도 한씨도 '그'를 코기라고 불렀던 기억이 있다. 광장에서 '그'는 닉네임처럼 코기로 통하는가 보다. 나는 천천히 끄덕이며 고개를 든다. 광장의 '고참'이라고만 알고 있던 은발의 사나이를 이렇게 가까이서 볼 수 있는 것만 해도 영광스러운데, 급기야 내 옆에 앉으신다. 나는 가지런히 무릎을 모으며 대꾸한다. 말씀 많이 들었습니다.

하하하, 코기가 쓸데없이 내 얘기까지 했나보군. 고참은 너털웃음을 터뜨리며 자신의 어깨를 괜히 탁탁 털어낸다. 기분이 매우 좋아 보인다. 나는 덩달아 기분이 좋아져서 덧붙인다.

　예, 유비무환 하시고 희망 있는 삶을 사신다고 했습니다.

　하하하, 코기는 좋은 녀석이야. 천성이 밝고 합리적이지. 인정이 많고 의리도 있는 편이고. 조금만 있으면 정오인데, 자네 우리 집에 밥 먹으러 같이 가세.

　예? 그럼 노숙자가 아니신 겁니까?

　하하하, 길 건너 개척교회에 취업이 되어서 이사를 갔다네. 나는 7년 만에 노숙자를 면한 셈이지. 주님께 노숙의 도를 구하러 날마다 새벽기도 다녔는데, 목사가 알고 보니 초등학교 동창인거야. 지금은 교우들을 위해 개척교회 승합차를 몰게 되었지. 전도 활동도 부지런히 다니고. 대신 일주일에 한 번은 우리 광장의 형제들에게 점심을 제공할 수 있게 되었네.

　거기까지 단숨에 얘기하더니 고참은 잠시 눈을 감고 몸을 떤다. 그리고 노래 부르듯 마저 말한다. 이 모든 것이 주님의 은총일세. 아아, 주는 나의 목자이시니, 할렐루야!

　광장의 형제들에게 일주일에 한 번이라도 일용할 양식을 지속적으로 내려주시는 분이라는 것을 알고 나니 고참이 거룩해 보인다. 나는 은발을 쓸어 올리는 고참을 향해 조심스럽게 묻는다.

　그럼, 로또복권은 취미로 사 모으시는 겁니까?

　하하하, 당첨되면 다 나눠주고 싶어서. 구씨도 한씨도 코기도. 광장에는 도둑놈 사기꾼도 있지만 서로 돕고 사는 사람들도 있다네.

나는 갑자기 꽁초를 빠는 구씨와 울보 한씨, 그리고 '그'가 행복한 사람들처럼 느껴진다.

이것 봐, 자네 노숙자가 되는 것도 쉬운 일은 아니지? 어쨌든 결심을 해야 하니까. 그런데 결심보다 힘든 건 노숙의 삶에서 헤어나는 것이라네. 자네도 알다시피 나는 틈만 나면 어김없이 저 등받이 없는 벤치에 앉아있네. 알코올이나 니코틴 중독자처럼 말이야. 취업이 되었고 이사를 했지만 의미 없어. 나는 이제 광장에서의 요령이나 패턴을 다 알아버렸거든. 자, 점심 먹으러 같이 갈 거면 저기 가서 줄을 서시게.

고참이 다정하게 손을 내미는데, 나는 머뭇거린다. 그가 요령이나 패턴을 다 안다는 것은 노숙자지도를 모두 터득했다는 말처럼 들린다. 이대로 고참을 따라나서면 나는 일주일에 한 끼는 은총이 가득한 밥을 먹고 매일 새벽기도를 다니며 광장에서 구원의 삶을 살 수 있을 것 같은데, 그런 생각과 느낌이 이렇게 갑자기 드는 것이 무섭다.

나는 울상을 하고 두리번거린다. 저기 구씨와 한씨가 형제들의 행렬 속에서 손짓을 하고 있다. 고참이 앞장서고 내가 등받이가 있는 벤치에서 몸을 일으키는데, 누가 나를 부른다.

선생님!

아, '그'다.

코기가 약속한 벤치에 닿고, 은발의 사나이는 광장의 형제들과 함께 길 건너편으로 사라진다.

　선생님, 늦어서 미안해요. 그렇지만 오늘도 소주 좀 꼭 사요.

　아아, 두 병이면 되겠습니까? 점심 식사 때가 다 되었으니 안주 겸
컵라면도 있어야겠습니다.

　예, 선생님! 사시면 고맙지만 저도 염치가 있죠. 번번이 미안해요.

　나는 길 건너 국밥집이라도 코기와 함께 가고 싶지만, 이미 두어
번 거절당했다. 식당이라는 장소는 아는 사람과 마주칠 가능성이 있
고 모르는 사람이 행색을 살피는 불편함이 있기 때문에 노숙의 삶을
사는 '그'가 질색 했다. 언제 어디서 무엇을 먹든, 혼자일 때 '그'는
항상 벽과 마주한다고 했다. 벽만큼 안전하고 든든하며 막막한 상대
가 또 어디 있겠어요, 함께 식당에 간다면 저는 역시 벽을 보고 앉아
서 먹겠습니다. 선생님!

　그래서 나는 역사 입구에 있는 작은 편의점에서 소주와 컵라면을
사온다. '그'는 벤치에 먼저 앉지 않고, 두 손을 모으고 서서 나를 기
다리고 있다. '그'가 배낭을 내려놓고 내 곁에 앉아서 열심히 라면
을 먹는 동안, 나는 노숙자지도의 복습을 위해서 수첩을 펼치고 열
심히 들여다본다.

　그런데 선생님, 투표는 하시고 나오셨어요?

　대통령 선거라니. 생선 줄 끊어지고 목구멍이 포도청이 된 나에게
올해 투표 날은 그저 휴일일 뿐이다. 누가 하면 내 생선이 부활하고

내 목구멍이 구원 받겠습니까, 아직 못했습니다.

선생님, 저는 했습니다. 하고 오느라고 약속보다 늦었어요. 동네에서 저를 알아볼 법한 사람들 눈을 피하느라 진땀 흘렸고요. 엄밀히 따지자면 노숙의 삶은 대통령보다는 시장의 숙제겠지만, "밥이나 옷을 얻어 입는 것보다 더 나은 노숙의 삶을 위해서는 대통령 선거도 해야겠다."고 생각했어요.

나는 '그'의 적극적이고 성숙한 노숙자지도에 감탄하면서도 투표권을 무사히 행사하고 온 '그'가 의아하다. 아니, 그럼 노형도 집이 있는데 안 들어가시는 겁니까.

음, 선생님! 저는 노숙자가 아닙니다. 죄송해요. 속일 생각은 전혀 없었어요.

음, 그렇습니까. 죄송할 것까지야 있겠습니까. 아니 뭐, 요새 노숙자가 따로 정해져 있습니까, 집에서 밤이슬을 피하지 못하면 다 노숙자인 것 아닙니까.

아, 선생님! 노숙자의 도를 벌써 다 터득하신 것 같아요.

하하하, 이게 다 노형의 가르침 덕분입니다. 내가 돈이 떨어질 때까지 소주를 사겠습니다. 그리고 보니 내가 아직 노형의 이름도 모릅니다. 실례가 아니라면, 우리 통성명 합시다.

예, 선생님. 저를 유기견(遺棄犬) 코기라고 불러주셔요.

역 광장의 노숙자들이 그리 말했듯 '그'는 역시 '코기'였고, 주민등록 번호 상 나보다 한 살 어리다. 그렇지만, 노숙지망생인 나에게

일 년을 광장에서 살아온 코기는 결코 만만할 수 없다.

나는 코기의 우스꽝스럽게 짧은 하체에 눈길을 던지다가 우리 집에 소 같은 아이들이 생기기 전까지 아내의 사랑을 독차지 하며 살았던 애완견을 기억해 낸다. 그 개는 내 구박에 아랑곳 하지 않고 아내 곁에서 시종일관 엉덩이를 흔들었는데, 실제론 주인을 향해 꼬리를 치는 것이었다. 웰시 코기(Welsh Corgi)*는 태어날 때부터 꼬리가 거의 없을 정도로 짧다보니, 흔들리는 것만 엉덩이가 아니라 중심을 잡는 것도 엉덩이였다. 어쩌면 코기에게 다리가 짧은 것은 삶을 살아가는데 천만 다행스러운 신체조건일지 모른다.

아이들이 자라면서 아내의 개는 관심 밖으로 밀려났고, 다소 개스럽지 못할 만큼 심각한 우울증에 걸렸고, 치료와 여생을 위해 요양원으로 보내졌다. 아내는 약간 서운한 듯 처음 며칠간은 훌쩍거렸지만, 날마다 우리 집의 소 같은 아이들을 몰아대며 살아가다보니 조금씩 코기를 잊어갔다. 가끔 소 같은 아이들을 생각의자에 앉히고 피곤해하다가 요양 보낸 코기를 추억하곤 했는데, 그 애완견의 조상이 가축을 아주 잘 몰았기 때문이었다. 그 코기를 기억하다가 이 코기를 보니 불현 정겹고 애틋한 마음이 솟구친다. 나는 '그'의 잔에 넘치도록 소주를 따른다.

---

* 작지만 당찬 가축몰이 개. 원산지는 영국이며, 웨일스어로 '요정'을 뜻하는 'cor'와 개를 뜻하는 'gi'가 합쳐져서 'corgi(요정의 개)'라는 뜻을 가지고 있다. 엘리자베스 2세 여왕이 사랑하는 개로 세상에 널리 알려져 영국 황실의 개로 통한다.

선생님, 일 년 전까지만 해도 제 삶에 반지르르 윤이 흘렀어요. 여왕의 개 웰시 코기처럼요. 그렇게 말하고 코기는 내가 따라준 두 병째 소주의 첫 잔을 단숨에 입 속에 털어 넣는다. 여왕은 아버지로부터 많은 것을 물려받았어요, 선생님. 신하가 일 천 명이 넘는 왕국과 대리석 기둥이 휘황찬란한 궁궐 같은 거요. 하지만 선생님, 여왕이 사랑한 건 선물 받은 코기였어요. 왜냐하면 여왕의 꿈은 농장에 있었거든요. 여왕은 맨발로 과실나무를 가꾸거나 초원에서 가축을 기르며 살고 싶었죠. 그렇게 여왕의 꿈이며 농장이기도 한 코기가, 낮에는 개의 모습을 하고 밤에는 사람으로 살았어요. 다시 말해 선생님, 코기가 낮에는 신하들 다리 사이를 점잖게 거닐었고, 밤에는 외로운 여왕의 다리 사이에서 세상모르게 잘 지냈다는 얘기예요. 여왕은 사람의 모습을 하고 꼬리를 치는 신하들보다는 개의 모습을 하고 엉덩이를 흔드는 코기를 훨씬 사랑했던 거예요, 선생님!

이제 '그'의 삶에 관한 이야기가 시작 되는 줄 알았는데, 술이 좀 취한 것 같은 코기가 내게 들려주고 있는 것은 전설 같은 여왕 이야기가 아닌가. 나는 약간 실망스럽지만 실망스러움을 감추고 경청하기로 마음먹는다. 왜냐하면 코기가 나의 썩은 생선에 관하여 이미 그리 했고, 무엇보다 이곳은 무슨 얘기든 오갈 수 있고 누구 얘기든 귀 기울여야 할 광장이 아닌가.

선생님, 선생님도 한 잔 해요. 코기는 하나 밖에 없는 종이컵을 또 싹 비우고 소주를 다시 따라서 내게 권한다. 여왕의 총애를 받았던 코기가 왜 광장에서 방황하고 있는 건지 '그'에게 묻고 싶었지만 그 코기, 이 코기, 저 코기가 한참 헷갈려서 나는 잠시 (소 같은 우리 집 아이들 표현대로라면) '멍 때리다'가 코기처럼 소주를 입 속에 탁 털어 넣는다.

선생님, 그러던 어느 날 왕국에 반란이 일어났어요. 천 명의 신하들이 패를 나누어 싸우게 되었는데, 그게 어이없게도 여왕의 왕국을 탐낸 이웃나라 왕들의 작당 같은 것 때문이었죠. 아무것도 모르는 여왕이 그날도 코기를 데리고 나가 우아하게 신하들을 대면했어요. 사실 사태가 그 지경이 되도록 여왕이 아무것도 모르고 있었다는 게 말이 안 되지만 말에요. 어쨌든 마음이 딴 나라에 나눠 가 있는 신하들은 화창한 날씨를 핑계 삼아 여왕을 광장으로 모셨고, 이제 왕국이 흔들리도록 큰 소리로 여왕에게 대들기 시작했죠. 왕국의 밥을 먹고 왕국의 옷을 입고 지내던 신하들 입에서 여왕을 비난하고 왕국을 부정하는 개 같은 소리와 소 같은 소리가 난무했어요. 그런데 여왕의 발 앞에서 천 명의 신하들이 패를 나눠 울부짖는 걸 지켜보고 있던 코기가, 갑자기 짧은 하체를 펴며 벌떡 일어섰어요.

어느 틈엔가 코기의 전설에 빠져들어 있었던 건지, 그쯤 듣다가 나는 '그'의 벤치에서 벌떡 일어섰다. 저런 변이 있나.

여왕이 저지 했지만, 선생님! 웰시 코기는 달리고 싶었어요. 자기 할아버지 할머니처럼 가축 사이를 바람같이 누비고 싶었고, 가축의 뒷발질을 피해가며 그것들을 몰아붙이고 싶었던 거예요. 그러한 코기의 본능이란, 매일 밤 여왕의 다리 사이에서 엉덩이나 흔들며 살던 생활의 청산을 결심 하는 것이기도 했어요. 선생님, 코기는 결심을 굳히고 여왕의 가축 사이를 달렸어요. 이 천 개의 다리 사이를 누비며 짖었어요. 그리고 그들의 발목을 물어뜯었죠. 붙잡는 손이든 걷어차는 발이든 코기는 미친 듯 사나운 이빨로 물고 늘어졌어요. 사실 선생님, 그게 진정한 웰시 코기였어요.

나는 끄덕이는데 '그' 가 갑자기 울기 시작한다. 어깨까지 들먹이며 서럽게 운다. 이 코기가 전설 같은 이야기를 쭉 하다 보니 저 코기에 너무 동화되었다는 생각이 들어서, 나는 다시 벤치에 주저앉는다. 그리고 이 코기의 어깨를 두드리며 말한다. 그래요, 그래서요, 코기. 무슨 일이 더 있었던 겁니까.

여왕은 평화를 사랑했어요, 선생님. 발작 같은 코기의 돌발행동은 어떤 명분도 없었고 그녀에게 수치심만 야기했죠. 여왕은 신하들과 코기를 만류하기 위해서 광장에 휩쓸렸어요. 거기까지 말하다가 '그' 가 다시 운다. 나는 말없이 남은 소주를 모두 종이컵에 따른다. 코기가 눈물을 훔치며 웅얼거린다.

선생님, 그러다가 코기가 여왕의 발목을 물어뜯은 겁니다. 아니 무능한 제가 잘나가는 아내의 다리몽둥이를 분질러 버린 겁니다. 아내의 사업을 돕고 있던 사내들의 것과 같이 말입니다.

그래서 여왕은 전치 사 주의 환자가 되어 병원에 입원 했고, 코기는 여왕의 신하들에게 쫓겨났다. 왕국에는 다시 평화가 깃들었지만 여왕의 코기는 유기견이 되고 말았다는 이 이야기는, 웃기게도 비극이다.

코기의 전설 같은 여왕 이야기를 다 듣고 나니, 나는 '그'가 설파한 노숙자지도의 연원(淵源)을 알았고 감히 깊이를 가늠할 수 있을 것도 같다는 생각이 든다. 왜 코기가 광장에선 폭력을 가장 경계해야 한다고 했는지, 또 진정 노숙의 삶을 갈망한다면 미친 듯이 자존심을 끝까지 고수해야 한다고 했는지에 대한 개연성(蓋然性) 같은 것이 생긴다.

그런데 코기, 그리 서럽게 우니까 마치 울보 한씨를 보는 것 같습니다. 폭력의 대가로 당신은 지금 광장에서 살지만 자존심은 사수해야 하지 않겠습니까. 코기, 당신의 노숙자지도를 내가 잘 익혀 실천하겠습니다. 이제 그만 우십시오. 이렇게 코기를 위로하는데, '그'의 대꾸는 뜻밖이다.

선생님, 저는 여왕의 다리 사이에서 엉덩이를 흔들며 살던 시절이 그리워요. 다시 여왕에게 위로와 꿈이 되고 싶고, 달리기를 저지당하기에 오히려 기약할 수 있는 내일이 갖고 싶어요. 낮엔 개로 살고 밤에만 사람으로 살아도 좋아요. 이런 맥락에서 보면 저도 아직 진정한 노숙자의 도에 이르지 못한 거예요. 그렇지만 선생님, 노숙자도 인간(人間)이에요. 모든 사회적 관계에 대한 욕망은 인간의 것이기에 노숙자의 것이기도 한 것 아니겠습니까.

나는 수첩에 코기의 '노숙자도 인간이에요.'를 받아 적다가 극심한 혼란에 빠져든다. 이 말은 그동안 익혀왔던 노숙자지도의 근본인 것 같기도 하고, 그동안 익혀왔던 노숙자지도를 거스르는 말인 것 같기도 하기 때문이다.

코기는 등받이가 있는 '그'의 벤치에서 일어선다. 나도 따라 엉거주춤 일어선다. 어디로 가는 겁니까, 코기.

선생님을 바래다 드리러 지하철역으로 갑니다. 이제 집으로 가셔요. 아내가 죽인다고 해도 노숙자의 삶 속으로 들어오지 마셔요. 인간이 죽는 건 광장이나 집이나 매한가지입니다. 죽더라도 선생님, 선생님은 집에서 죽으셔요.

나는 다시 울상이 되어 두리번거린다. 코기, 나를 버릴 셈입니까. 나는 아직 노숙자지도를 더 익혀야 합니다. 그러나 코기는 묵묵부답이다. 우스꽝스럽게 짧은 다리로 역사 안을 향해 성큼성큼 걷는다. 지하로 내려가는 에스컬레이터까지, 그 걸음이 바람같이 빠르다. 나는 비둘기처럼 종종거리지 않으면 이렇게 긴 다리를 하고서도 그를 놓칠 것만 같다. 코기, 코기!

선생님, 저기를 좀 보셔요.

코기의 손가락 끝이 가리키는 거기에, 노름쟁이들 화투판에서 환영 받을 법한 모포가 펼쳐져 있다. 그 모포 속에서 무언가 끊임없이 꿈틀거린다. 모포 밖으로 네 개의 발이 보이고 발들은 엉켰다가 풀어진다.

사람입니까, 저 모포 속에?

선생님, 저는 동물이라고 봅니다. 사회적 욕망을 전부 버리고나면 동물적 욕구만 남아 뒹굴지 않을까요. 하지만 저들이 노숙자지도를 무시하고 '관계'를 맺는 중이라면 인간일 수 있겠어요.

나는 코기를 쫓아 비둘기처럼 걷는 중이지만 얼른 수첩을 꺼내 노숙자지도를 악착같이 정리해서 담는다. "사회적 욕망은 전부 버려야 한다. '관계'는 그것으로부터 비롯되는 것이다." 그런데 인간이 정말 그럴 수 있을까. 이런, 이러다가 그를 놓친 것 같다. 아, 코기, 코기? 코기!

선생님, 선생님! 일어나요.

선생님, 하고 부르지만 이건 코기의 목소리가 아니다. 누구십니까?

아니, 선생님! 여기서 이렇게 주무시면 큰일 납니다. 댁이 어디에요, 예?

내 눈앞에 서있는 이 젊은 경관은 노숙자들을 단속하며 기차역 주변을 순찰 중이고, 다리가 길며 제복 차림이다. 나는 그를 향해 괜찮다고, 고맙다고 웅얼거리며 몸을 추스른다.

그러니까 시월의 마지막 날 밤, 나는 생선 비린내 나는 몸을 등받이가 있는 벤치에 앉혔고 기댔다. 형편없이 곯아떨어져 있는 사이에 역 광장에는 십일월의 첫날이 새벽안개처럼 내려앉는 중이고, 나는 이제 그만 일어서야 한다. 경관의 표현을 빌리자면 큰일 나기 전에.

등받이가 없는 벤치에는 은발의 사나이가 죽은 듯 누워있고, 이 시각에도 구씨는 나무 밑에서 꽁초를 빨고 있다. 한씨는 비둘기를 기다리며 역사 앞에서 서성거린다.

지하철이 운행을 멈춘 시각, 택시 승강장을 향해 걷다가 나는 털빛이 바랜 개 한 마리와 눈이 마주친다. 밤새 그 코기, 이 코기, 저 코기와의 스킨십으로 몸이 따뜻해져있는 내가 혼란을 떨치며 개를 향해 다가선다. 유기견(遺棄犬) 코기, 너는 집으로부터 버려진 거니, 집에서 나온 거니. 진심으로 그렇게 묻고 싶어 다가서는데 개는 엉덩이를 흔들며 비켜선다. 그리고 내 앞에 택시가 닿자, 민첩하게 사라진다.

선생님, 귀가가 늦으십니다. 운전기사의 친절한 참견에 나는 이렇게 대답한다. 예, 귀가(歸家)가 아니라 귀소(歸巢)하는 것이라 그렇습니다. 그리고 광장에서 집으로 나는 신속하게 위치 이동을 시작하며, 코기와의 다음 약속을 꿈꾼다.

어제 나는 이슬을 맞으며 광장에서 잠들었고, 오늘 나는 노숙자지도를 익히는 중이다. 내일 나는 가능성 있는 노숙자 지망생이다.

경계에서 글쓰기
– 이보라의 소설집 『바깥에서』

황국명
(문학평론가·인제대학교 교수)

1. 예술가라는 운명

이보라 소설의 줄거리는 비교적 간결한 편이라 독자들이 작품을 읽어
나가는 데 큰 어려움은 없지 싶다. 그러나 쉽게 읽힌다고 쉽게 이해되는
것은 아니다. 이보라의 소설은 쉬운 해석에 저항한다. 친숙함 속에서 낯
선 무엇이 돌연히 드러날 뿐만 아니라, 시어처럼 응축되어 높은 밀도를
지닌 낱말도 적지 않다. 그래서 이보라의 소설은 독자의 가독성 앞에 쉽
사리 몸을 풀지 않는다. 또 이보라의 소설을 기존의 문학적 경향 어느
하나로 무리 짓기 어렵다. 선택된 작중인물로 작가의 소속을 알아보기
어려운 이유도 여기에 있다.

이런 사정 때문에, 이번 소설집 『바깥에서』에 수록된 「파리로 가신 서
방님」을 문학 혹은 예술에 관한 작가의 입장을 일견할 작품으로 먼저 살

펴보고 싶다. 이 단편은 부부의 연을 맺었으나 서방(西方)으로 종적을 감춘 화공을 찾는 일인칭 여성화자의 이야기이다. 큰스님의 말씀을 금속 활자로 찍어내는 과정을 보여주거니와, 서방으로 사라진 화공은 병인양요 때 프랑스에게 도둑맞은 최고(最古)의 금속 활자본 '직지심체요절'을 가리킬 것이다.

따라서 이 작품은 불교적 배경을 고려하여 선적(禪的) 깨달음을 전하기 위한 방편으로 해석되거나, 서구의 침탈로부터 제 것을 지키지 못한 민족의 아픔을 환기하면서 자기 밖의 것에 무비판적으로 매혹되었던 과거를 비판한 역사의 알레고리로 이해될 수 있다.

그런데 이보라가 1997년 〈현대문학〉에 단편 「과메기」('토끼꼬리'로 개제)로 등단했고, 이미 『내가 아는 당신』(2005)이라는 작품집을 상재한 바 있는 기성작가일 뿐만 아니라, 「파리로 가신 서방님」이 2014년 불교신문 신춘문예 당선작이기도 하다는 사실은 문학에 관한, 나아가 삶에 관한 작가의 각별한 태도나 입장을 주목하게 만든다. 이 작품에서 종교적 신념과 민족주의라는 휘장을 걷어내고 작가의 문학관을 엿볼 근거가 여기에 있다.

「파리로 가신 서방님」에서 나의 서방(書房) 화공은 시간의 풍화작용을 이겨내는 불멸의 그림을 욕망한다. "어제의 그림은 변색되고 소멸되기 십상"인 까닭에, 그런 것에 "인생을 바치고 싶지 않"기 때문이다. 그러나 묘덕 스님은 '제행무상'이라는 말로 화공이 지닌 예술적 욕망의 덧없음을 지적한다. "본래 빈 몸이다. 벗은 몸이 뭐 그리 부끄러우냐."는 스님의 말처럼, 묘덕의 관점에서 각종의 분별이나 차별, 부끄러움도 인간의 마음이 만들어낸 허상에 불과하다.

일체유심조(一切唯心造), 즉 세상만사는 그릇된 마음이 만들어낸 헛것이라는 관점에서 보면, 화공의 그림도 예외일 수 없다. 그래서 참된 마음으로 얻은 깨달음을 두고 언어도단, 불립문자라 할 것이다. 묘덕이 세속을 그리워하는 나에게 문자를 가르친 것은 미물, 곧 짐승과 다를 바 없는 중생에 대한 자비심에 기인할 터이다.

그렇다면 「파리로 가신 서방님」에서 묘덕 스님과 화공, 혹은 종교적 방편과 예술적 방편이 길항한다고 할 만하다. 그러나 예술가의 내면에 창조의 동기를 둔다는 점에서 화공의 강력한 유심론적 편향은 묘덕 스님과 크게 다르지 않을 수 있다. 왜 부처를 그리지 않느냐는 나의 물음에 대한 화공의 응답에서 이런 편향의 의미를 살펴볼 수 있겠다.

나는 영원한 그림을 그리고 싶은데 사람의 힘으로 도저히 그릴 수 없는 것 같습니다. 내가 그린 것은 비바람의 시기로 지워졌거나 불장난에 사라진 것도 있어요. 사람이 영원을 그릴 수 없는데, 내가 어떻게 감히 부처를 그릴 수 있겠습니까.

"사람의 힘"에 좌우되지 않는다는 의미에서, '영원'은 나의 사유나 의지의 산물일 수 없다. 영원은 비가시적인 무한자로서 나에게 절대타자와 같다. 같은 이치로 부처도 영원 혹은 무한자다. 이런 무한자를 가시화한 것이 불화(佛畵)이며, 이런 불화를 매개로 종교적 신념은 체제와 결합하고 개인의 행위에 도덕적 동기를 부여할 터이다.

그러나 나의 서방님에게 '부처' 그림은 유사성에 근거하여 재현된 우상일 수 없다. 그렇기 때문에, 그는 묘덕의 암자 벽에 그린 불화를 두고

'미인도'라 하지 않겠는가. 화공이 원한 것은 "영원한 그림", 즉 보이는 그림이 보이지 않는 것 자체가 되는 그림이다. 화공은 자신의 예술이 영원 혹은 진리 자체가 되기를, 종교의 시녀가 아니라 같은 반열에 드는 예술품이기를 열망한 셈이다. 그러니 묘덕 스님에게 화공의 소망은 발칙하고 "허망한 소리"일 수밖에 없다.

예술은 현실세계의 사물을 여실하게 모방하는 것이 아니라, 그 자체 가치나 진리가 되어야 한다는 데 화공이 지닌 예술관의 진면목이 있을 것이다. 이는 유심론적 미학의 일단을 드러낸 것이고, 그런 만큼 공리주의 예술관과 대립할 수밖에 없다. 화공에게 예술은 유용성의 견지, 즉 특정 계급의 요구에 부응하거나 의식투쟁에 작용하는 견지에서 사유될 수 없다는 뜻이다. 화공에게 예술은 자기구원일 수는 있어도 세상을 구하는 방편일 수는 없다. "파리로 가신 서방님"을 "작은 이야기"에 담아 널리 퍼트리고 이로써 그를 "다시 찾고야 말겠"다는 여성인물 역시 이런 미학적 입장에서 벗어나지 않는다.

이상의 맥락에서 볼 때, 「파리로 가신 서방님」에서 작가는 직지(直指)의 선적 깨달음 자체나 중생의 구제라는 사회적 의미보다 재현할 수 없는 진리에 도달하려는 예술가의 열망을 강조한다고 하겠다. 그렇다면 영원을 그리려는 행위란 천지창조에 버금간다고 할 터인데, 이는 예술가에 대한 최고의 헌사라 할 만하다.

이런 입장이 이보라의 문학적 입장과 다르지 않다면, 소설가 이보라는 문학(예술)과 삶 사이의 근본적인 불화(不和)를 상정한다고 말할 수 있다. 이 불화는 세계를 향한 문학적 적대가 아니라 작가로서 세상의 시선이나 인정(認定)을 추구하지 않는다는 뜻이다.

대웅전의 문을 열 수 있는 것은 "나 자신뿐"이라고 하거니와, 기성의 문학적 권위에 굴복하거나 의존하지 않고 세상의 평가에 연연하지 않는다면, 작품집의 표제작 「바깥에서」의 가난한 시인처럼 아내와 자식이라는 일상성을 모두 희생하고 "사랑하는 시 속으로 사라지고 싶"다거나 "그 누구가 시로 보이는 순간이 있다, 내 삶의 절정이다."라고 말할 수 있을 것이다. 이런 예술적 소멸이 시인의 운명이라면, 문학이 삶을 모방할 것이 아니라 삶이 문학을 모방해야 할 터이다. 이를 일러 삶의 예술화라고 하지 않겠는가.

물론 이보라는 삶의 완강한 저항을 인식한다. 영원에 도달하려는 화공의 시도가 미완인 것처럼, 덧없는 시간에 맞선 그의 싸움은 실패라는 비극적 운명을 모면할 수 없다. 인간 자체를 폐기하지 않는 한, 인간유한성이라는 결핍은 제거될 수 없기 때문이다.

이는 예술가를 강조하는 모든 미학이 피할 수 없는 운명이다. 육신을 가진 예술가 역시 나고 죽는, 시작과 끝을 지닌 존재인 까닭이다. 예술가의 소멸가능성, 예술의 덧없음에 대한 우울한 감각이 불식되지 않는다는 점에서, 이보라의 예술가는 니체의 해머로 파괴해야 할 허풍쟁이가 아닌 것이다.

2. 생의 비의와 적소 찾기

문학 밖의 권위에 굴종하지 않고, 세상의 인정에 일희일비하지 않는 것이 이보라의 문학적 태도라고 암시하였다. 그렇다면 이보라의 문학적 입지를 무리로부터 탈영토화된 지점이라 할 만하다. 이보라의 소설이 사랑, 가족, 인종 등의 외피를 두르고 타자, 비동일자와의 '관계'를 소설의 핵심인자로 삼는 것도 이와 무관하지 않을 듯하다.

「토끼꼬리」의 핵심은 자신의 적소(適所)를 향한 여성인물의 길 찾기 과정이다. 그녀는 여기가 어디냐는 이웃 노인의 목소리를 두고 "내가 이곳에서 견딜 수 있는 힘"이 된다고 말한다. 길 위에 삶을 둔 자에게 길을 잃는다는 것은 두려운 일이다. 그러나 방향상실의 두려움은 적소를 전제한다. 말하자면 노인의 물음은 "가야 할 곳" 혹은 "가고 싶은 곳"을 묻는 것이며, 이처럼 가야 할 방향과 특정한 장소를 암시하기 때문에 그의 목소리는 나에게 위안이 되는 것이다.

여성인물에게 생의 적소는 당신의 고향, 장기곶으로 여겨진다. 그런데 당신뿐 아니라 그의 조카 정하와 정하 엄마에게 이곳은 "떠나고 싶어하는 곳"이다. 이들은 지방 소도시의 남루한 삶의 궤적으로부터 '탈출'하여 자신들의 적소를 찾고자 한다.

그러나 이렇게 살기 싫다던 정하 엄마는 자살로 생을 마감하고, "죽도록 공부"해서 "당당한 모습"으로 '고향'을 떠났던 당신은 낯선 장소를 배회하다 귀향하고 만다. 당신의 귀향이 자신이 떠나왔던 곳, 즉 동일자로의 원점회귀인지, 아니면 적소를 발견한 결과인지 불확실하다. "더 이상 떠날 곳은 없다"는 당신의 암시는 지리적 이동보다 정신의 방랑을 의미하는 듯하지만, "떠나서는 안 된다"는 암시는 적소를 찾지 못한 자의 실의에 찬 목소리로 들리기 때문이다.

그렇다면, 여성인물에게 왜 남자의 고향이 적소로 여겨지는가?

그 속에 숨겨져 있었던 것-퇴화되어 둥글게 말린 꼬리뼈-을 당신이
손가락으로 펴내었을 때 아아, 나는 비명을 지르고 말았죠. 그렇게 감
쪽같이 모르고 살아야 하는 것들이 세상엔 또 얼마나 많을까.

　남자의 고향은 남루한 주변부지만, 토끼의 숨겨진 꼬리뼈에 가탁할
때, 그 주변부는 생의 비의를 감추고 있다. 그렇다면, 적소를 찾는 데 지
리적 기원이 중요한 것은 아닐 터이다. 그래서 남자의 고향은 "함께라면
무엇이든 시작하기에 무리가 없는 곳"이다. 달리 말해, 여성인물에게 모
든 지점은 시작점이 될 수 있다. 왜냐하면 숨겨진 꼬리뼈처럼, 도처에
삶의 비의가 숨겨져 있기 때문이다.
　비가시적인 삶의 신비란 나의 주관적 사유에 굴복하지 않는다. 삶의
비의에 관한 사유에서 나는 언제나 수동적일 수밖에 없다. 그것은 느닷
없이, 불가피한 운명처럼 다가오고, 나는 '비명'을 지를 수밖에 없다.
삶의 신비에 무기력하게 비명을 지르게 하는 것, 그것이 타자다. 그 타
자는 출산하게 될 아이이다. 과연, 작중인물은 우리를 "이곳까지 내몰아
온 것의 정체"가 생명이며, "우리에게 생명은 숙명"이라고 말하지 않겠
는가.
　모든 신비가 그러하듯 발명이 아니라 발견되는 것이라는 의미에서,
숙명은 낯선 타자와 같다. 그 타자가 아이라면, 아이는 바로 미래라는
'새날'을 가리킨다. 레비나스가 타자와 관계하는 방식으로 사랑을 들고,
수태와 출산을 새로운 미래와의 생산적 관계라고 한 이치가 여기에 있
음직하다.

미래는 인내하고 기다리는 시간차원이다. 미래는 타자와의 만남의 산물이지만, 서동욱의 지적처럼 그 타자는 과거로서 주어질 수도 있다. 그것이 기억이다. 「동백애상(冬柏愛想)」은 "나의 동백꽃"이라고 말해진 그녀에 대한 '애상'의 기록이다.

시인이자 출판사를 운영하는 나는 15년 전의 옛 연인으로부터 결혼식 초대장을 받은 뒤 강진의 동백나무 숲에서 상념에 사로잡힌다. 그녀는 화려하게 피었다가 한꺼번에 떨어지는 동백꽃을 두고 치욕스레 살기보다 죽음을 택할 수 있음을 암시한 바 있다. 간질로 여겨지는 지병이 느닷없이 발작을 일으키기 때문에 그녀는 늘 불안한 모습을 보이며, 면전에서 그녀의 발작을 목격한 이후 나는 너무나 낯설어진 그녀와 헤어지고 만다.

이제 나는 그녀를 지킬 자신이 없어져 버렸다. 그녀가 불안에 집착하는 순간순간 나는 어디에도 없는 존재일 것이고 발작을 염려하며 그녀의 일상을 다 지켜보거나 끌어안을 용기는 더욱 없었다.

그녀의 불안은 내가 이해하거나 끌어안을 수 없는 낯선 타자와 같다. 이 타자가 개입하는 순간 내가 어디에도 없다면, 그녀의 불안은 나의 존재에 상처를 준다고 할 것이다. 그러니까 그녀의 불안과 발작은 나에게 들이닥친 트라우마와 같다. 그래서 트라우마는 현재의 일상에 균열을 일으키고, 현재와 분리된 과거의 나를 환기한다. 초대장을 통해 나는 그녀의 불안으로부터 '도망'쳐서 "생존을 위한 시간"에 몰입했던 자신을 발견하게 되는 것이다.

206

그런데 "화려하고 군더더기 없는 삶"을 꿈꾸던 그녀가 중년의 나이에 결혼식 초대장을 보낸 상황은 조금 당혹스럽다. '동백'에 대한 나의 '애상', 즉 그녀에 대한 나의 그리움이나 애착도 은밀하게 그녀의 부재를 가정한 것이기 때문이다. 그런데 그녀가 동백에게서 발견한 '단결(斷結)'함이 세상의 번뇌를 끊어 없앤다는 뜻이라면, 화려한 개화와 군더더기 없는 낙화는 바로 동백의 운명이라 할 수 있다. 발작을 일으킨 이후 처음으로 보낸 편지에서 자신이 끊임없이 불안해하는 인간이며, 그 불안을 "하늘이 내린" 것이라 할 때, 그녀는 자기 몫의 운명을 용감하게 수락한 것이다. 그러니까 자신의 타고난 질병, 생물학적 숙명에 복종함으로써, 그녀는 번뇌를 벗어난다고 할 수 있다.

그녀는 자기연민이나 타인의 동정 속에서, 혹은 자기원망이나 세상에 대한 앙갚음으로 자신의 숙명을 이해하지 않는다. 자신의 몸에 대한 운명을 수용하기 때문에, 그녀는 결혼이라는 능동적 태도에 도달할 수 있었을 것이다. 동백나무의 해묵은 둥치가 "상처들에 스스로 피 같은 진을 내어 살을 붙이며 치료"한 결과인 것처럼, 그녀는 세상의 시선에 굴복하지 않고 스스로를 치유한 강한 인물이다. 니체식의 통찰을 빌려 말하면, 운명애(amor fati)에 인간존재의 위대성이 있지 않겠는가.

「토끼꼬리」가 적소를 찾아가는 이야기이고, 「동백애상」에 과거라는 시간차원이 인간관계를 드러낸다면, 「미포끝집」은 적소에서 "누군가 돌아"오기를 기다리는 이야기라 할 수 있다. 과연, 공교수는 둘째아들 득호가 돌아오기를, 득호는 떠나버린 어머니가 돌아오기를 원하며, 여성인물의 연인 수호 또한 "그대에게로 영원히 돌아오고 싶다"고 말하지 않겠는가.

　그러나 "아무것도 약속할 수 없"다는 이유로 수호는 그녀를 떠나고 만다. 법률용어를 동원하며 아버지 공교수와 언쟁을 하는 것처럼, 수호는 이성적이고 합리적인 인물로 여겨진다. 그러니까 그에게 사랑은 무엇인가를 약속해야 하는 호혜적 교환이다. 그러나 들뢰즈와 가타리 식으로 말해, 사랑은 거대한 집단속에 묻혀버린 개체를 포착하고 가려내는 일이다. 여성인물 또한 다른 누구가 아니라 바로 수호라는 개별자에 초점을 둔다고 할 수 있다. 그렇기 때문에, 그녀에게 인습적인 결혼이 아쉬운 것은 아니다.

　　　그녀는 오른손으로 다시 진주 목걸이를 만지며 아쉬워서 하는 게 결
　　혼이 아니야, 라고 말하고 싶었지만 이미 요란한 길 위에 서있는 가영
　　에게는 들리지 않을 것 같아 그만뒀다. 그리고 등대를 꼭 닮은 카페 건
　　물, 미포 끝집에 당분간 외갈매기처럼 머무르기로 했다.

　카페 '미포 끝집'의 창 너머로 바다, 수평선, 하늘이 보인다는 의미에서, 그 '끝집'은 세상의 끝이라고도 하겠다. 그녀는 그 세상의 끝이 외로운 사람들을 이끄는 '등대', 적소가 되기를 기대한다. 조울증을 지닌 득호에게 속수무책으로 얻어맞은 공교수가 황천바다에서 조난을 당한 조타수라면, 안아달라는 그의 조난신호는 그녀의 모성을 등대로 삼은 셈이다.

　또 그녀의 품을 파고들어 "동그랗게 몸을 말고 태아처럼 잠든 수호"를 오래 쓰다듬었고, 인도 고아원의 아그라를 마음으로 품고 다니듯이, 그

녀는 참고 기다리는 모성이다. 진주가 "어머니의 마음으로 품고 인내해서 만들어낸 유기물"인 것처럼, 그녀는 상처를 품고 인내하는 모패(母貝)인 셈이다. 대미에서 누가복음을 인용하고 있거니와, 그녀는 돌아온 탕자를 긍휼하게 여기는 어미와 다르지 않다.

물론 모성의 강조는 여성에게 부당한 금욕이나 자기희생을 강요한다고 의심받을 수 있다. 그러나 「미포 끝집」에서 모성의 방점은 어머니의 인습적 역할에 있지 않다. 여성인물이 내면적 평정으로 세상의 끝에 내몰린 존재들에 대한 돌봄을 실존의 과제로 삼는다는 데 그 강조가 놓일 듯하다. 공교수 가족들의 만찬 식탁에만 밝은 조명을 둘 것이라면, 이들 가족은 암전된 세계로부터 한없이 표류한 외로운 섬과 같을 것이다.

3. 무국적과 차이의 횡단

이보라의 소설에서 여성인물들은 참고 기다리는 경우가 많고, 미래라는 시간차원도 가족을 모델로 삼는 것처럼 보인다. 첫 창작집 『내가 아는 당신』의 몇 작품에서도 아이를 갖고 싶다는 여성의 간절한 욕망, 사랑하는 사람과 체온을 나누며 운명을 함께하려는 욕망이 현저하다. 그러나 유사한 욕망을 드러내면서도, 이번 작품집의 여성인물들은 담장과 벽으로 둘러친 영토에 정주하거나, 그런 영토를 적소라고 여기는 것 같지 않다. 「달링의 약속」에서 그 일면을 엿볼 수 있다.

작중여성은 호주로 유학 간 약혼자가 시민권을 목표로 고향과 사랑을 버리자 호주로 날아간다. 물론 이는 약혼자를 만나 따지거나 원망하기 위한 것은 아니다. 호주에서 사귄 존슨의 말처럼, 오히려 그녀는 "칼바람이 몰아치는 절벽에서의 매정스런 업신여김을 자청"한 것이다. 그 단애(斷崖)의 날카로운 끝에서야말로 그녀는 자신의 외로운 운명에 온전히 직면할 터이다.

호주에서 그녀는 개별 문화들의 차이와 인종적 다양성을 즐겁게 경험한다. 그러나 대학 구내에서 "촌스런 검정머리"라는, 아시아인에 대한 인종차별적인 발언을 들으면서, 그녀는 문화적 차이와 다양성에 즐거움만 있는 것이 아님을 깨닫는다.

또 럭비경기에서 선수들 사이의 다툼에 인종주의적 발언이 있었으나 발언 당사자인 백인선수는 처벌받지 않는다. 그러니까 다문화 다인종 사회라는 호주에도 장소와 정체성의 전통적인 관계, 그리고 오리엔탈리즘이 완강하게 작용하며, 개별 문화의 특수한 자기가정이 타자를 배제하고 있음을 그녀는 아프게 확인한 것이다.

이를 타자화의 경험이라 하겠는데, 그녀는 이런 경험에 대해 인종적 민족적 특수성을 가동하거나 공격적 태도를 취하지 않는다. "한국에서는 외국인들을 속어로 뭐라고 칭했던가"를 생각할 때, 그녀는 한국인 역시 타자를 주변화 하는, 문화적으로 배타적인 공동체일 수 있음을 인정한 것이다. 그래서 북한이냐 남한이냐를 묻는 식당주인에게 그녀는 "하모니를 소원하는 평화주의"라고 응수하지 않겠는가.

그렇다면 누구든 어느 땅에서의 삶이면 또 어떠하리. 결국 삶은 그 누군가의 몫이며 사람과 사람이라는 관계의 문제일 뿐이지 않는가.

그녀는 자신이 어느 틈엔가 이 땅 시드니를 사랑하고 있다는 것을 깨달으며 가슴이 아파왔다. 그러나 이곳이 겸비하고 있는 아름다움과 여유와 배려를 향한 어느 초라한 인간의 짝사랑일 뿐이라는 것도 알아버렸다. 마치 특정 지역인의 삶을 공유할 수 없기에 여행지를 사랑할 수 있는 여행자의 그것처럼, 그녀가 이 땅에 정착해서 살지 않는 한 그것은 결코 온전한 사랑일 수 없다고 생각했다.

특정 영토에 "정착해서 살"아야 그 지역의 삶을 공유하고 온전하게 사랑할 수 있다는 생각이 삶에 대한 정주민의 관점에서 나온 것인지 물을 수 있겠다. 정주민의 삶이란 각자의 몫으로 배분된 공간에 담과 벽을 둘러치는 것이며, 가타리와 들뢰즈가 지적하듯 이는 소유제나 국가장치의 매개를 통해 대지와 관계하는 것이다. 그래서 "국적이란 중요하지 않"다는 생각을 부정할 때, 그녀는 마치 정주민의 관점을 지닌 것처럼 보인다. 여행지에 대한 사랑이 짝사랑에 불과하다면, 여행자인 그녀가 원점, 즉 동일자로 회귀하는 일은 불가피할 것이다.

그러나 평화주의자를 자처한 그녀는 지리적 기원과 민족적 경계가 억압적인 국가장치에 근거함을 분명하게 깨닫는다. 그래서 삶의 장소가 "어느 땅"인가는 중요하지 않다. 삶은 땅의 몫이 아니라 사람의 몫이며, 따라서 삶에서 중요한 것은 지리적 결정이나 국적이 아니라 관계인 까닭이다. 그렇다면 그녀는 어느 땅에서든 새로운 삶의 방식을 모색할 수 있을 것이다. 그녀가 "이제 서로 다른 것"이 된 각자의 삶을 인정하고 약혼자의 "새 삶에 대한 책임감을 인정"한 것도 이런 맥락에 있다.

약혼자와 자신의 독자적인 운명과 이 운명에 대한 복종은 그녀가 이국에서 겪은 타자화의 경험과 무관하지 않다. 그렇다면 국적, 민족, 인종 등 억압적인 경계를 해결할 단서는 무엇인가? 그녀가 사회학에 강의한 내용의 일부에서 그 실마리를 얻을 수 있을 듯하다.

얼마 전에 말이야, 예술가로 성공한 재일 한국인 3세 한 사람이 스무 살까지 한국인임을 속이고 살았던 아픈 과거를 고백했어. 국가라는 이름으로 경계선을 그어놓고, 죽자 사자 싸우는 비인간적인 현실을 견디기 힘들어서였단다. 거주지역의 주민으로 살아야 타향도 고향이 되고 싸움이 멈출 거라고 말하면서, 재일 한국인은 울었어. 아이처럼 소매로 눈물을 닦아내고 또 이렇게 말했어. "나는 한국인도 아니고 일본인도 아닌 오사카인입니다. 그러나 조국인 한국을 사랑하지 않은 적이 없습니다."

재일 한국인 3세는 일제하 조선인 디아스포라의 후예이다. 그의 이력의 배후에 일제강점과 국권상실이라는 과거의 경험이 존재한다. 유랑과 박탈, 억압과 폭력을 경험한 이산민에게 조국은 신성할 수밖에 없고, 그곳은 어떤 희생을 치러서라도 돌아가야 할 적소로 여겨진다. 디아스포라에 대한 여러 논자들에 의하면, 이산민은 모국 혹은 조국 관념에 의존한다. 또 그런 의존의 원천이 과거의 아픈 상처라는 뜻에서, 이산민은 과거의 트라우마에 의존한다고 이해된다. 그러니까 그들에게 과거의 상처는 곧장 모국을 환기하는 것이다.

이런 이산민의 경험은 세대전승된다고 지적되는 것처럼, 이산민 상호간, 세대간 결속도 그들이 전승 공유하는 고통에 근거한다. 조상이 조국으로 귀환하고자 했다면, 이산민의 후손들은 트라우마로 귀환하는 셈

212

이다.

예술가로 성공한 재일 한국인 3세의 "아픈 과거" 역시 조상의 상처로부터 자유롭지 않다. 그럼에도 불구하고, 그는 과거의 상처로 회귀하는 대신 "한국인도 아니고 일본인도 아닌 오사카인"이라고 자기를 규정한다. 이런 자기규정은 지리적 민족적 기원이 아니라 현재 거주지와의 상호작용에 근거한다. 과거가 아니라 지금 여기와의 연관에 치중한다는 의미에서, 그는 희생자일 수도 이산민일 수도 없다. 호주에서 새로운 삶을 도모하는 그녀의 약혼자처럼, 이는 디아스포라의 종언이라 할 만하다. 국가장치에 소속되지 않는 무국적자가 됨으로써, '오사카인'은 인간을 억압하는 권력의 지형학적 토대를 무화한다고 할 것이다.

「달링의 약속」은 민족적 지리적 기원으로부터 현재에 이르는 선적 시간의 '바깥'을 사유할 가능성을 암시한다. 기원의 외부를 사유할 때, 고향은 따로 있는 것이 아니라는 인식에 도달할 수 있다. 「홋카이도의 연인」에서 이민족 사이의 유대를 보장하는 것도 그러한 인식이다.

일제 강점 하에 있던 18세의 나(리쿠)는 "다른 말"을 배우고 사용했다는 이유로 내란죄인이 되고, 홋카이도로 끌려가 슈마리나이 호수 근처의 댐 공사장에서 강제노역에 시달린다. 밤마다 항문이 찢어지는 성적 학대를 겪는 나를 카이가 따뜻하게 품어준다. 아내 아이누와 고향을 지키기 위해 노역장에서 일하게 된 카이는 자신을 "홋카이도의 아들"이라고 말한다. '아이누'라는 이름이 홋카이도의 원주민을 뜻하듯, 이들은 특정 국가에 소속된 국민임을 의식하지 못한다.

우리가 이 땅의 별이야. 그렇게 카이는 자주 말했습니다. 나는 그 말의 의미에 대해 이렇게 생각했습니다, 별이 하늘을 밝히고 사람은 이 땅을 밝히는 것이라고. 전쟁 중에 포화소리도 들리지 않는 왕의 별장처럼 우리 삶은 오랫동안 조용하고 평화로웠습니다.

홋카이도의 원주민이고 아들이라면, 카이와 아이누에게 안팎의 관념이나 국적 개념 자체가 있을 수 없다. 홋카이도는 국민국가의 변방이 아니라 이들이 거주하는 고향이고, 고향을 지키려는 카이의 의지는 바로 적소 지키기라고 할 수 있다. 그러나 국가는 이런 비동일자를 억압하거나 국가의 바깥의 무국적자로 추방한다. 또 국가는 인간과 자연의 경계가 없는 공간을 지배하고 거기에 홈을 파서 주름진 공간, 즉 반도와 대륙까지 '무기'를 수송할 수 있는 도로로 이용한다. 국가체제를 보장하는 무기는 누가 적인가를 가리키는 날카로운 지시봉이다.

이런 관점에서, 내란죄인으로 끌려간 나에게 홋카이도는 적소(適所)가 아니라 적소(謫所) 혹은 적지(敵地)이다. 카이에겐 지켜야 할 땅이지만 나에겐 버려야 할 땅이다. 달리 말하면, 카이와 나에게는 "애시 당초 없었을 그러나 지금 있을 수밖에 없는 그렇게 질기고 모진 차이"가 있다. 이 차이는 상대방을 적으로 인식하게 만드는 이데올로기이다.

기적적으로 탈출한 나는 고향 부산으로 귀향한다. 전쟁이 끝난 후 요양원에 기거하지만, 나는 겨울 홋카이도에서 만난 카이와 아이누를 잊지 못해 그곳을 방문한다. 왜냐하면 "태어나서 자란 곳만이 고향이 아니었"기 때문이다.

아이누의 따뜻한 '젖가슴'이 나의 따뜻한 고향과 같다는 뜻에서, 카이

214

와 내가 "그리워한 것은 다르지만 같은 고향"이다. 전쟁이 카이에게 애(愛)와 수(守)를 핏물로 쓰도록 강요한 것과 달리, '젖'은 생명을 낳고 기르는 모성이다. 전쟁은 진리를 파괴하기 때문이 아니라 생명과 모성을 파괴하기 때문에 잘못이다.

다르면서 같다는 고향은 카이와 내가 지닌 차이를 은폐하는 것이 아니라 횡단하는 것이라고 할 만하다. 바로 이 지점에서, 「홋카이도의 연인」이 민족주의 담론의 개입을 경계함이 드러난다. 일제강점기라는 역사적 기원에도 불구하고, 이 작품은 조선말이나 한국어라는 용어를 조심스럽게 회피한다.

카이가 '홋카이도'의 아들인 것처럼, 나는 '반도의 부산'을 고향으로 삼는다. 이들에게 '고향'은 제국일본, 식민지조선 어느 것도 가리키지 않는다. 나는 "모국어를 지켜낸 지사 혹은 용사"로 '분류'되지만, 나에게 이 '지사', '용사'라는 말은 "별모양의 훈장"처럼 이데올로기의 화관에 불과하다. 하늘의 별(자연)과 땅의 별(인간)과 달리, 나에게 부여된 훈장의 별은 국가장치나 제도와의 문화적 제휴일 뿐이다. 들뢰즈와 가타리가 지적한 것처럼, 모국어가 있는 것이 아니라 권력을 장악한 지배적 언어가 있을 뿐이다. 그렇기 때문에, 전후 나와 모국어의 관계는 모호하며, 이 모호성은 당대 사회나 구성원과의 모호한 관계를 암시한다.

카이에게 나는 '철수'가 아니라 여전히 '리쿠'이다. 여기에 언어민족주의가 스며들 여지는 없다. 나로 하여금 카이와 아이누에 대한 기억을 유지하고 홋카이도를 방문하게 만드는 것은 언어가 아니다. '다른 말'을 억압하는 동일자의 시선 앞에서 나는 찢겨진 항문, 즉 신체로서 자신을 재인식하며, 얼고 굶주리며 피 흘리는 얼굴로서 카이와 유대를 형성하기 때문이다. 슈마리나이 호수를 그리는 나의 그림이 검은 바탕의 어둠과 어둠의 밀도를 밀어내는 흰빛으로 구성될 수밖에 없는 이치가 여기에 있다. 흑백 무채색은 광대한 사막이나 바다처럼 지각주체에게 덧씌워진 정체성의 차꼬를 무력화하기 때문이다. 그러므로 나의 그림은 "그림이 아니라 침묵"이며, "침묵이 꾸는 꿈"일 수밖에 없다.

4. 바깥과 경계

「홋카이도의 연인」뿐 아니라, 이보라의 소설에서 인간관계는 상당히 제한된 인적 요소로 구성된다. 그래서 작중인물들은 더 큰 집단을 향해 운동하는 것이 아니라 그들만의 사회를 구성하는 것처럼 보인다. 이런 인간관계를 좀 더 확장한 것이 「바깥에서」와 「노숙자지도」라 할 수 있다.

「바깥에서」는 지리적 실재를 정체성의 기원으로 삼는 것이 정당할 수 없다면 그 실재의 바깥을 어떻게 사유할 수 있는가에 대한 소설적 응답이라 할 수 있다. 여성화자 나는 카카오톡으로 전해진 노마드(Nomad)의 죽음을 접한다. 노마드는 페이스북의 친구일 뿐만 아니라 현실세계에서 관계를 맺은 연인이기도 하다.

인맥형성 시스템이라 할 페이스북은 디지털기술 기반의 가상현실이다. 노마드는 이런 가상현실을 '세상바깥'이라 부른다. 가상현실이 정보의 가감첨삭으로 끊임없이 변동하는 텍스트라는 의미에서, 세상바깥은 실재가 아니라 전자적 텍스트, 혹은 세계로서의 텍스트라 할 수 있다.

이 세계의 구성원들은 등록된 정보 외에 서로의 삶에 대해 어떤 궁금증도 갖지 않는다. 이 "마술 같은 세상"에서 중요한 것은 삶이 아니라 '지금' 무엇을 '생각'하느냐다. '굴절'된 의미와 인식을 향유하는 '지금'의 특권은 시간의 소멸을 가정한다. 세상바깥에선 접속의 순간만이 의미를 지니며, 현재는 보다 생생한 현재로 경험된다.

우리의 만남은 접속 같은 순간의 연속이며, 페이스북 세상에서 과거와 미래는 현재로부터 아득해지거나 현재 속에서 더 생생하게 현존하기 때문이다.

이들에게 접속은 "누군가와 순간을 같이 살고 싶은 욕구의 기본적인 실천"이다. 순간을 사는 사람에게 시간의 질보다 접속의 양이 중요함은 자명하다. 그래서 오프라인 모임에서 참석자들은 각자의 '정보란'을 "스마트폰으로 검색"하기 바쁘다. 그러니 "혀보다 손가락이 바쁜 자리"라 하지 않겠는가.

하이데거가 호모사피엔스의 특징으로 손과 언어의 소유를 들고, 수기(手記)를 예로 삼아 인간과 손의 관계를 빚짐의 관계, 시적 관계라고 말한바 있다. 그러나 손가락으로 이루어진 정보검색과 댓글은 기술의 개입을 통해 글쓰기(언어)와 손을 분리시키는 것과 같다. 말하자면, 검색과 댓글 달기는 디지털기술이 언어 혹은 인간의 손가락에 내린 명령을 수행하는 것과 다르지 않다. 그래서 페이스북에서 인간은 신체를 지닌 존재가 아니라 가변적인 정보체이며, 회원들이 올리는 댓글도 신체를 잃은 언어일 수밖에 없다.

그렇다면, 「바깥에서」는 몸이 없는 귀신처럼 가상현실을 자유롭게 유목하는 것을 두고 자유와 해방이라는 유토피아적 의미를 부여하는가? 그렇지 않다. 정보를 공개한다는 점에서, 세상바깥은 공적인 세계이다. 그러나 언제나 누군가에게 읽혀지는 시선의 표적이라는 점에서, 세상바깥의 가상현실은 팜 로젠탈이 지적하듯 원형감옥이라 할 수 있다. 혹은 방해받지 않고 누군가의 삶을 훔쳐보는 관음증적 욕망을 충족시키는 세계이기도 하다.

다른 한편, 세상바깥은 참된 바깥이 아니라 세상의 파도에 언제든지 허물어질 모래성과 같다. 노마드가 긍정한 현실, 즉 의사 아버지와 그가 부정한 사실, 즉 가난한 시인은 날카롭게 분리된다.

> 그가 세상에서 부정하고 싶은 사실과 상관없이 세상 바깥에서 친구들은 그가 긍정하고 있는 현실을 공유하며 살아가고 있다. 나는 스마트폰을 끄집어내서 손가락 끝에 와 닿은 Nomad를 친구 목록에서 지웠다. 세상 바깥에서 맺었던 그와 나의 관계는 갈매기다리 같은 것이었는지 모른다. 죽을힘을 다해 배를 쫓으며 갈매기들이 만들었던 하얀 다리처럼 우리 관계는 순식간에 허물어졌다.

여성인물이 노마드에 관한 정보를 현실에 조회하고 있거니와, 세상바깥에서의 허약한 인간관계는 그 바깥에 대한 윤리적 함의를 지닌다. 텍스트 바깥에 아무것도 없는 것이 아니라는 것이 그 뜻이다. 텍스트의 밖에 놓인 것의 하나가 노마드의 죽음이다. 강화도 바깥의 섬 석모도에 밀려온 시신의 사진을 세상바깥의 회원은 '공유'한다. 그러나 그들이 공유

218

하는 것은 죽음의 직접성이 아니라 죽음의 이미지이다. "그 누구의 죽음과 같은 명백한 과거는 이 페이스북이라는 세상바깥에서 의미가 없"기 때문이다. 과거도 미래도 없는 곳이기 때문에, 세상바깥에서 죽음은 아우라를 상실할 수밖에 없다. 어쩌면 아우라의 죽음이 아니라 아우라의 인식불가능이라고 할 것이다. 이런 의미에서, 이미지의 공유는 한 개체의 소멸을 부정하는 잔인한 폭력과 다를 바 없다.

그렇다면 노마드는 왜 외딴 섬 석모도에서 죽음을 도모한 것인가? 사실 작품에서 노마드의 자살 동기는 분명하지 않다. 다만 그가 외딴 섬 석모도로 자주 출사를 다녔다는 사실에서 그럴듯한 단서를 발견할 수 있을 뿐이다.

저렇게 많은 섬이 한 바다 위에 떠 있어도 제각각 외로워 보이네.
그것이 나에게는 위로가 되고.

석모도는 가상현실의 편집된 이미지가 아니라 뭍으로부터 분리된, 유니크한 자연적 지리적 바깥이다. 각각의 섬들이 외롭게 보이고, 그것이 자신에게 '위로'가 된다고 할 때, 노마드는 섬을 사인성, 개별성, 분리성 등 고양된 개인의 상징으로 삼은 듯하다. 그러니까 그는 시스템 내의 투명한 정보체가 아니라 고독하고 비의를 지닌 개인성을 추구한다고 하겠다. 나에게 "단 하루라도 너와 함께 살아보고 싶다."고 말한 노마드는 몸을 상실한 '접속'이 아니라 구체적인 몸과의 '접촉'을 욕망하고, 화면에 나타나는 텍스트가 아니라 몸을 움직여 이동해야 하는 '바깥'을 꿈꾼 것이다. 그는 전자적 유목민이 아니라 구체적인 삶의 유목민이다.

이런 의미에서, 「바깥에서」는 인터넷에 연동된 페이스북을 인간관계의 새로운 대안으로 여기지 않는다고 할 수 있다. 또 순식간에 허물어지는 "너와 나의 관계"는 세상바깥에만 고유한 것이 아니다. 여성인물이 연인의 시신이 밀려온 석모도로 끝내 가지 않는 것은 객관세계의 모든 관계도 허약함을 암시한다. 노마드는 지도 없이 이런 세계의 '바깥'을 항해하고, 인간의 자궁에서 태어난 존재로서 죽음을 맞이한 것이다. 그것이 진정한 노마드가 감당해야 할 진짜 운명이다.

바깥에 대한 꿈도 안에 대한 사유에 의존한 경우가 적지 않다. 바깥, 비동일자, 타자도 안, 동일자, 주체를 보이지 않는 대결관계에 둠으로써 자신을 사유할 수 있다는 뜻이다. 이런 관계를 변증법적 관계라고도 할 수 있겠지만, 니체라면 누군가의 시선이나 반응에 굴복한다는 점을 들어 그 변증법도 경멸했음직하다.

그렇다면 바깥 자체를 사유할 수 있는가? 이에 대한 암시를 「노숙자지도(露宿者之道)」에서 찾을 수 있겠다. 이 단편은 군부대에 상한 생선을 납품함으로써 모든 것을 잃게 된 남성이 광장에서 노숙자의 도를 터득하는 과정을 그린 작품이다.

노숙자를 지망하며 그 도를 배운다는 희극적 설정이 우리시대의 궁핍한 현실에 대한 알레고리로 기획된 것 같지는 않다. 노숙자를 기층민중의 운명에 대한 알레고리로 간주한다면, 작가는 기존체제에 저항하거나 새로운 권력구조를 만드는 데 고심할 것이다.

그러나 이보라는 가숙자(家宿者)와 대립적 관점에서 노숙자를 보지 않는다. 노숙자는 가숙자의 비동일자, 바깥, 타자이긴 하나, 노숙자는 잘 곳이 없는 자가 아니라 이슬 맞고 자는 사람이며, 그들의 삶에도 나름의 '질서'와 '도'가 있는 것이니 집에서 자는 사람의 규범을 들이댈 필요가 없기 때문이다.

> 그 자존심이라는 것이 단순히 남에게 지기 싫어하는 마음이 아니라 타인에게 굴하지 않고 자신을 존중하는 마음이라고, 광장에서 '그'가 나를 위로했다.
> 선생님, 바로 그것이 또 노숙자지도(露宿者之道)입니다. "인간관계의 거세를 위해서 자존심을 끝까지 사수한다." (…중략…) 선생님께서 자존심을 버리면 어떤 관계가 가능합니다. 그러나 자존심을 지키면 아무 관계가 불가능합니다. 진정 노숙의 삶을 갈망하신다면 미친 듯이 그 자존심을 끝까지 고수 하십시오. 그래야 이슬 맞으며 편히 주무실 수 있습니다.

남에게 지기 싫은 마음 혹은 남을 이기려는 마음은 자존심이 아니다. 그 마음은 타인으로부터 나의 지위, 권위, 명성을 인정받으려는 욕망이다. 타인의 인정을 욕망하는 것은 결국 타인에게 아첨하며 타인을 욕망하는 것과 같다. 또 나를 인정하는 타인은 이에 상응하여 그에 대한 나의 인정을 요구하며, 이로써 나와 타자는 호혜적 교환에 연루된다. 타인의 기능을 전제로 하는 주고받기가 곧 인간관계이므로, 이런 관계의 거세야말로 참된 자존심이라 할 것이다.

폭력을 경계하라는 그의 말도 같은 맥락에 있다. 타인에게 분노, 증오, 원한을 드러내는 것은 타인에게 반응하는 것이고, 그런 만큼 나의 행위에 대한 타인의 반응을 욕망하는 것과 같기 때문이다. 광장의 비둘기처럼, "몸의 중심을 바로 잡으려면, 놓친 것에 미련 없어야" 자기 운명의 주인이라 할 것이다.

그런데 나는 "사회적 관계에 대한 욕망은 인간의 것이기에 노숙자의 것"이기도 하다는 그의 말에 혼란을 겪는다. "노숙자도 인간"이라는 것은 노숙자지도의 근본 같기도 하고 정반대를 뜻할 수도 있기 때문이다. 광장의 한 구석에서 모포를 덮어쓴 채 엉켜있는 남녀를 보고 내가 사람이냐고 물을 때, 그는 나에게 '동물'이라고 답한다. 사회적 욕망을 버렸다면 동물적 욕구만 남았을 터이니, 그들은 동물이라는 것이다. 그러나 그들이 "'관계'를 맺는 중이라면 인간"일 수 있다고 덧붙인다.

'관계'라는 말을 중의적 의미처럼, 인간은 인간동물이다. 인간동물이라는 양가적 존재론은 광장의 고참 노숙자의 말처럼, 노숙자가 되는 결심 못지않게 노숙에서 벗어나려는 결심을 요구한다. 그러니까 참된 노숙의 진리는 노숙과 가숙의 단절이 아니라 그 경계에서 놓이는 것이다. 말하자면, 집과 광장, 안과 바깥, 동일자와 타자를 동시에 사유할 수 있어야 한다는 뜻이다.

이런 동시적 사유가 아니라면, 타인에게 굴복하지 않는 존엄성을 강조하면서도 고참 노숙자와 견습 노숙자가 사제관계 속에서 서로에 대해 설득과 복종, 가르침과 배움, 선동과 모방을 수행하는 것은 해프닝에 불과할 것이다.

5. 아포리즘적 글쓰기

이보라의 소설은 인간관계가 초래하는 다양한 문제를 탐구하고, 타자, 비동일자, 바깥을 사유함으로써 이들 문제에 대응한다. 그 응답에서 이보라의 소설은 이해관계의 갈등 자체를 초점화하지 않는다. 이보라에게 소설의 핵심은 경계에서의 글쓰기에 있는 듯하다. 경계에서 글쓰기는 경계의 안이나 바깥에 일방적으로 편입되는 것이 아니다. 이보라는 의연히 타자, 비동일자, 바깥을 지지할 심리적 준비를 갖추고 있지만, 그 지지가 새로운 권력형태로 발현되는 것을 경계한다. 이런 의미에서, 경계야말로 이보라 소설의 적소이다.

경계라는 적소에서의 소설쓰기는 이보라 소설에 특유한 아포리즘적 표현과 무관하지 않은 듯하다. 아포리즘은 삶의 전체 영역에 대한 통찰, 탁견, 신조, 진리, 감정 등을 간결하게 진술한 표현형식이다. 결론적인 명제로 단언하기 때문에 아포리즘은 닫힌 형식이라 하겠지만, 결론에 이르는 사유의 과정을 생략하는 까닭에 아포리즘은 의미가 열려있는 글쓰기이고, 그래서 독자에게 다양한 해석을 허용한다. 이런 뜻에서, 표현형식으로서의 아포리즘은 의미를 드러내면서 감춘다고 하겠고, 독자는 드러난 의미 못지않게 숨겨진 의미를 발견하기 위해 능동적으로 참여해야 한다. 이를 롤랑 바르트 식으로 말하면, 이보라의 소설은 독자가 공저자로 뛰어드는 작가스러운 텍스트, 열린 텍스트이다.

다른 한편, 아포리즘은 사유형식이라고 할 수 있다. 가타리와 들뢰즈는 데카르트, 칸트, 헤겔 등 보편성을 주장하는 사유를 홈이 패인 주름진 공간에 빗대고, 끊임없는 생성과정에 놓인 유목적 사유를 선(禪)의 매

끈한 공간에 빗댄 바 있다. 이보라의 소설에서 적지 않은 선적(禪的) 아포리즘을 확인할 수 있는 것처럼, 이보라에게 아포리즘은 유목적 사유의 한 방편일 수 있다.

또 문학의 가치는 독자에게 알랑거려 그의 인정을 얻어내는 데 있지 않다는 것이 이보라의 작가적 태도이지만, 아포리즘은 수신자에게 어떤 태도나 행위를 유발하려는 수사적 전략일 수 있다. 아포리즘적 수사가 작가의 독특한 개인방언이긴 해도, 세상에 관한 기존의 진술에 새로운 의미를 부여함으로써 그것은 삶을 위한 현명한 레시피를 포함할 수 있다. 혹은 악마의 사전처럼, 비공식적인 사전쓰기로서 이보라의 아포리즘은 상투적인 인식에 충격을 가하는 사회적 방언이 될 수도 있을 것이다.

아포리즘적 글쓰기로, 이미 확립된 소설적 규범과 길항하고자 의도한 것이라면 이보라는 독보적인 작가라고 할 수 있다. 단, 작가의 개인적 기획과 공공재로서의 소설형식 사이의 관계를 심문할 때 아포리즘은 분류 즉 글쓰기 유형의 문제가 아니라 사회적 관계의 문제가 된다. 따라서 타자에 대한 사유, 비동일자로부터의 사유, 바깥으로의 사유와 함께, 아포리즘적 글쓰기를 사회역사적 맥락에 가탁할 때 그 가능성이 어떠할 것인가를 사유하는 것도 이보라의 소설적 과제일 터이다.